T0268096

La maestra y el pintor

Inés M. Llanos

La maestra y el pintor

SUMA de letras

Papel certificado por el Forest Stewardship Council®

Primera edición: noviembre de 2023

Printed in Spain – Impreso en España

ISBN: 978-84-9129-807-6
Depósito legal: B-15659-2023

Compuesto en Mirakel Studio, S. L. U.

Impreso en Liberdúplex
Sant Llorenç d'Hortons (Barcelona)

SL98076

a la memoria de mis padres

a Jorge

Cultivo una rosa blanca,
En julio como en enero,
Para el amigo sincero
Que me da su mano franca.
Y para el cruel que me arranca
El corazón con que vivo,
Cardo ni oruga cultivo:
Cultivo una rosa blanca.

José Martí, *Versos sencillos*
(poema XXXIX)

Campanitas de la aldea
que llamáis al amor mío,
no toquéis hoy tan temprano
que soñando está conmigo.

Jorge Sepúlveda,
Campanitas de la aldea

Prólogo

Inés y Pepe fueron verdad.

Aquella puerta de madera de doble hoja del número 5 de la calle Infantas, en el madrileño barrio de Chueca, tenía algo especial. Más allá de que se comía bien y se bebía mejor —que no son aspectos menores—, había un detalle que transformaba inmediatamente al visitante. Porque, en el momento en el que alguien se adentraba en el restaurante Zara, ponía los pies y —lo más importante— el alma en el universo de Inés y Pepe.

Aquel era un espacio reservado para la empatía, el amor, el respeto, la educación, la profesionalidad y ese valor tan preciado como escaso: la normalidad. No importaba que fuera la primera vez que alguien llegaba al restaurante o que se tratara de un cliente habitual: bastaban unos segundos —los que ellos tardaban en salir al encuentro del visitante a través del angosto espacio entre las mesas— para que todos se sintieran allí como en casa. Podía dar la sensación de que el truco estaba en la calidez de sus miradas, en la elegancia de sus gestos, en la cariñosa manera con la que apoyaban el brazo sobre el tuyo o en aquella sonrisa que siempre daba la bienvenida. Pero, en realidad, todos esos gestos no eran nada más —y nada menos— que la esencia que había destilado una vida de azares y una historia de amor milagrosa.

En aquella forma de tratar y de acoger a los demás estaban las noches de soledad de la abuela Isabel, exiliada en su propia casa, en las brañas de la montaña occidental asturiana; los más de cien kilómetros a pie que se hizo su hijo Santiago para llegar a Gijón y partir desde allí hacia Cuba; la audacia de emprender en un país desconocido y de ser un hombre de palabra. Estaba la perseverancia de Benjamín para conquistar a Edelmira. Estaba la guerra. También la dolorosa partida de un chico de dieciocho años en un barco en dirección a La Habana. Y el destino empeñado en que lo que tenía que suceder sucediera. Y mirar a una persona por primera vez y entenderlo todo. Y suspirar por las noches y morirse de nervios, porque uno nunca sabe. O sí. Y ver atardecer juntos en el malecón. Y, de repente, la Revolución. Cambiar de planes. Desandar el camino. Volver a empezar. Soñar que algún día regresarás. Saber que no lo harás.

Todo ello asomaba cuando Pepe e Inés te abrían las puertas de su casa.

Todo ello asomaba cuando Pepe e Inés se miraban a los ojos.

Para comprender el calado de esa mirada, para abarcar la magnitud de ambas historias, era necesario que alguien se animara a investigar y a ordenar toda aquella información primero… y a escribirla después. Alguien que fuera capaz de hilar un relato que estuviera a la altura de dos personajes tan especiales. Que pudiera explicar cómo fueron posibles.

Aquí está. Como un regalo para todos los que tuvimos la suerte de conocerlos. Como una nueva oportunidad para los que no pudieron hacerlo. Un texto honesto, limpio, ameno, emocionante, desgarrador, reconfortante y cálido. Un libro para entender lo complicada que puede llegar a ser la existencia y cómo el amor, repartido en dosis cotidianas, allana el camino hacia la felicidad.

Inés, la autora, afrontó el reto de contar la vida de sus padres. Ha dado con el tono y el estilo justos para hacerlo. Como parte activa del relato, ha sabido manejarlo y conducirlo para que los observemos en cada capítulo, en cada frase, en cada palabra.

No era nada sencillo capturar la esencia de Inés y Pepe en un relato basado en hechos reales. Pero lo ha conseguido.

Porque lo más increíble de la historia de Inés y de Pepe es que fue verdad.

Pedro Zuazua

Siempre detestaba [illegible]
las conversaciones [illegible]
nes, sus palabras [illegible]
veces lograba atrapar [illegible]
tos por la ventana. [illegible]
llo que yo quería [illegible]
de oír, pudo haber [illegible]
había algo importante [illegible]
años, me fue [illegible] la vida de mis
tepasados y me [illegible]
abrupta, muchas veces [illegible] que
resultar más interes[illegible]
desiertos iba poblando [illegible]
difíciles, de guerras de [illegible]
separaciones de amigos [illegible]
de ingenui[illegible], de afán de [illegible]
detrás del sentir del de[illegible]

Nota de la autora

Siempre despertaba mi interés cuando era niña escuchar las conversaciones de mis mayores. En aquellas ocasiones, sus palabras flotaban en el aire como cabos sueltos que a veces lograba atrapar, y otras, escapaban volando como pájaros por la ventana. Aunque entonces no podía saber que aquello que yo percibía suelto formaba parte de un nudo dentro de otro nudo bien apretado, de algún modo ya intuía que ahí había algo importante que tenía que ver conmigo. Con los años, me fueron surgiendo preguntas sobre la vida de mis antepasados y me llegaron historias que solían terminar de forma abrupta, muchas veces en el momento en que empezaban a resultar más interesantes. Aquellos relatos familiares, cuyos desiertos iba poblando la imaginación, hablaban de infancias difíciles, de guerras, de viajes a lugares lejanos, de hambre, de separaciones, de emigración y de exilio, pero también de amor, de ingenio, de arte, de trabajo, de deseos, de amistades verdaderas, del sentido del deber y de lealtad a la familia.

De los testimonios que he ido recogiendo a lo largo de los años, he seleccionado aquellos que mejor servían a mi propósito, a saber, contar la vida de mis padres remontándome todo lo posible en el tiempo. Inés y Pepe fueron personas que se ganaron sus vidas, que se amaron con pasión y trabajaron codo a codo por aquello en lo que creían, con ilusión o sin ella, incansables, sin perder nunca de vista lo que era importante de verdad. Personas que no se daban por vencidas a pesar de la melancolía, del dolor, de las decepciones, del paso del tiempo y sus estragos, capaces de anteponer la felicidad de los que amaban a la propia. Creo que todo eso fue posible, en parte, gracias a lo que recibieron de sus predecesores, a la forma de estar y actuar en el mundo que les transmitieron.

Desde esta mesa en la que escribo, junto a un retrato en que aparecen jóvenes y sonrientes, ignorantes todavía del exilio que muy pronto los alejaría de todo aquello que amaban, siento que su historia y la de mis abuelos es digna de ser contada. Solo espero, con humildad, que mis palabras sean capaces de transmitir algo de la fuerza que tuvieron sus actos, de la valentía con la que levantaron sueños nuevos sobre las ruinas de los que no pudieron ser y del amor que se tuvieron, su mejor escudo frente a la adversidad.

Aunque los hombres y mujeres que aparecen en este libro convertidos en personajes de la trama fueron o son reales, el relato es una mezcla de realidad y ficción; una de las formas posibles de la verdadera historia, que siempre será un misterio.

EMIGRAR

I
La descendencia de Isabel

Nunca sabremos si fue forzada o si accedió con agrado a los requerimientos de aquel mozo que se le arrimaba con insistencia cada vez que se cruzaba con ella por los montes de la aldea donde vivían; lo que sabemos es que, cuando el vientre de Isabel empezó a crecer y la sospecha se volvió certeza, su familia decidió enviarla a la pocilga de la casa. Allí, apartada aunque no excluida, tuvo a su hijo. En aquella España campesina y pobre de finales del siglo XIX, peor suerte podría haber corrido.

Seguramente, alguna mujer de la familia la ayudaría en el parto, por esa solidaridad humana que deja a un lado los preceptos morales y actúa con diligencia ante los apremios de la vida. Después, agotada y asombrada de su propio cuerpo, Isabel arrimaría a su pecho a aquel niño, lo único que tenía, para ofrecerle calor y calmar su hambre. Lo llamó Santiago, un nombre noble, como el antiguo camino que atraviesa aquellas brañas hacia Compostela. El duro castigo no impidió, sin embargo, que tres años después Isabel concibiera de nuevo y diera a luz una hija, Rosa, que compartió la suerte de su madre y de su hermano.

Los chiquillos salieron adelante gracias a los esfuerzos de Isabel, que trabajó sin descanso para poder alimentarlos. Los imagino caminando o corriendo por senderos de tierra, observando a los animales con los que convivían, desde la actividad frenética de las hormigas o las abejas hasta la parsimonia de las vacas o la suerte del cerdo, engordado para luego morir desangrándose y ser aprovechado hasta el último centímetro. Niños curtidos por el viento y la lluvia, por los gélidos inviernos y por el hambre.

Mujer silenciosa, dura, acostumbrada a padecer y soportar inclemencias, poco sabemos de Isabel aparte del hecho de que se ganaba la vida cambiando leche por hilos, botones y otros artículos de mercería que vendía por las aldeas vecinas. Santiago rara vez la mencionaba, pero sentía un profundo respeto por ella, por los esfuerzos que hizo para criarlos a él y a su hermana. La vida de esta mujer, que fue mi bisabuela, es un misterio. Solo conservamos de ella una imagen fechada en 1916 que la muestra seria, con un pañuelo negro atado a la cabeza a la manera de las campesinas asturianas y una toquilla también negra que le cubre el pecho. Lleva una camisa, una falda y un mandil lleno de arrugas. Los pies han desaparecido. Junto a ella hay una niña con un vestido blanco, una nieta, que está de pie encima de una silla. Isabel la sujeta con la mano izquierda abierta a la altura del hombro, rozándole la barbilla, y con la derecha la coge por detrás de la cintura. A su lado, velada la imagen por el paso de los años, está su hija Rosa, también de pie, con un bebé en brazos en traje de bautismo. Miro a Isabel y reparo en esas manos con las que acerca el cuerpo de la niña al suyo, una figura infantil que se inclina con dulzura, confiada, haciendo de contrapunto a la cabeza ladeada de la mujer mayor y a su forma dura de mirar. El grupo de la joven y el bebé compone una figura de aire fantasmal. Rosa sujeta al niño en vertical a su cuerpo; parece que se le va a escurrir de los brazos, pero su rostro desprende tanta paz cuando mira a la cámara que ese detalle pasa inadvertido y la parte borrada de la imagen conecta con algo irremediablemente perdido. Llama la atención el blanco inmaculado de los vestidos de los niños en contraste con la humildad del atuendo de Isabel. En la parte de atrás hay un pequeño texto escrito, cosa frecuente en aquellos tiempos, cuando se enviaban fotografías a los familiares que estaban lejos para que conocieran el rostro de los recién nacidos de la familia y supieran así de su existencia. En ese texto respetuoso, aparece el apellido de Isabel y de Rosa, que es también el mío, y uno más, el del padre de aquellos niños, que los reconoció como suyos.

II

Genestaza

La Fana de Genestaza, lugar muy próximo a donde se desarrolló la vida de mis antepasados, es una ladera desgajada de la cima de una imponente montaña en el occidente asturiano. De esa hendidura blanca se desprenden piedras que, al caer, hacen un ruido atronador, parecido al de una cascada de potente caudal, un ruido que puede oírse a mucha distancia de allí. Hoy ese paraje forma parte de rutas turísticas para amantes de la montaña y el senderismo, pero en los tiempos de Isabel y sus hijos era un lugar poco habitado y hostil, helado en invierno y frío en verano, donde para sobrevivir había que volverse como las piedras, impasible, mineral, parte del paisaje y, como consecuencia, silencioso. Una tundra más parecida a Alaska o a Siberia que a ninguna otra cosa.

Lo único que nos ha llegado de la vida cotidiana de Santiago en su tierra natal es que ofrecía servicios de criadillo en la casa a la que pertenecía su supuesto padre, una de las pocas que había en el villorrio. Desde muy niño pastoreaba vacas por las brañas si así se lo ordenaban y recogía con mucho trabajo los escasos frutos que proporcionaba la tierra, como nabos o alguna berza, porque, debido a la verticalidad de la superficie de cultivo y a los continuos desprendimientos, la comodidad de cosechar a la altura de un niño era un tormento cuando había que subir esa misma tierra para sembrar, ya que caía una y otra vez arrastrada por los fuertes vientos y las lluvias torrenciales.

La vida no daba tregua, el trabajo para conseguir y almacenar alimentos era constante. Sin embargo, a pesar de la dureza cotidiana, aquel chico callado que fue mi abuelo casi siempre se muestra sonriente en las pocas fotografías que de él conservamos. Pienso en Isabel recorriendo los caminos junto a sus hijos, hablándoles de cualquier cosa, ofreciéndoles consuelo y compañía, compartiendo con ellos sus penas, pero también haciéndolos, como ella y sin saberlo, fuertes frente al infortunio.

Cuando tuve la ocasión de visitar con una de mis hijas esas montañas imponentes, a medida que ascendíamos por carreteras tan estrechas que a duras penas cabía nuestro coche, iba creciendo en mí la admiración por aquellos hombres y mujeres que nacieron y vivieron allí hace más de cien años. Todo lo que veíamos me resultaba conocido de un modo íntimo y misterioso, como un lugar soñado que de pronto estuviera volviéndose real. Sentí que el silencio que nos envolvía en aquellos parajes era su esencia, invitaba a callar y a mirar, acariciaba igual que la brisa y, como ella, estaba cargado de aromas que subían de la tierra y flotaban a nuestro alrededor. En Madrid, donde vivo, el ruido nos acompaña siempre, no hay muchos lugares altos desde donde se alcance a ver el horizonte ni arroyos donde meter los pies y sentir cómo corre el agua sobre ellos, helada y cristalina, para luego perderse ladera abajo. Aunque de vez en cuando hay ocasos tan bellos que cambian la faz de la ciudad y nos hermanan con ella, o llueve con tanta fuerza que buscamos una cueva en forma de portal para guarecernos hasta que escampe, siempre hay ruidos detrás del sol, la lluvia o la noche. En aquellas montañas asturianas, el silencio era tan profundo que intimidaba.

Los pocos documentos que conservo fechan el nacimiento de Santiago en el año 1895, así que tenía doce años cuando embarcó hacia Cuba desde el puerto de Gijón en 1907. Lo más probable es que eligiera el destino por azar, porque allí no conocía a nadie. ¿De dónde sacaría la fuerza aquel niño para emprender semejante aventura? El hambre, el frío y la escasez económica eran tan acuciantes que Santiago no lo dudó, y aquello que llevaba rumiando en secreto durante meses se lo reveló a su madre una noche mientras cenaban. Le dijo que había oído de barcos que iban a América, que allí había trabajo y se ganaba buen dinero, que él quería marchar y que luego vendría a por ellas. Isabel escuchó, miró a su hijo y no supo qué decirle. Tomó de sus manos el tazón vacío; luego apagó la vela y se acostaron. En la quietud de la noche, mientras la luna deslizaba su luz por debajo del portón, Isabel le susurró que ella no se iría de allí, que aquel lugar era su casa. Entonces él le contestó que regresaría cuando tuviese dinero y les haría una casa de verdad para las dos donde ella quisiera.

La mañana de su partida, Santiago abrió los ojos cuando empezaba a amanecer. Isabel le estaba preparando un morral con comida y metió en él también algún dinero que había juntado. Espabiló a Rosa, que se abrazó a su hermano y luego a su madre. Todos estaban nerviosos porque era la primera vez que se separaban. Salieron al frío y madre e hijo se miraron. Isabel le tocó la cabeza, lo abrazó y luego Santiago empezó a caminar. Los ojos de la madre y la hermana lo siguieron mientras descendía ladera abajo, hasta que, un momento antes de desaparecer, se dio la vuelta y les dijo adiós con la mano. Luego lo perdieron de vista. «Está solo», pensó Isabel y también se sintió sola. Ya sabía lo que era tener un hijo, alimentarlo, cuidarlo, verlo crecer y enseñarlo a decir su nombre; pero ahora estaba aprendiendo que no había nada como tenerlo cerca, porque este dolor era nuevo. Todavía se quedó un rato de pie sin hacer nada, abrazada a Rosa y mirando el lugar por el que Santiago había desaparecido. Luego, las dos regresaron sin soltarse al lecho de paja todavía tibio y procuraron dormir un poco antes de comenzar sus quehaceres cotidianos.

Santiago fue a pie hasta Tineo y desde allí caminó dos jornadas a buen paso hasta llegar a Gijón. Si se sentía cansado, buscaba una sombra, comía un poco de queso y un mendrugo y a veces también dormía un rato. Cuando se acercaba la noche y ya no se veía bien el camino, buscaba cobijo en alguna casa de labranza donde le permitieran dormir en la cuadra, junto a los animales, y cerraba los ojos pensando en cómo sería América. Al llegar a Gijón se dirigió al puerto y, una vez allí, se fijó en un barco al que estaban subiendo cajas por una rampa. Se acercó un poco más a mirar y un marinero que cargaba una muy pesada le pidió que le echara una mano. Santiago agarró un extremo y entre los dos la subieron a bordo. Una vez arriba, la depositaron en el suelo; así estuvieron un buen rato subiendo cajas y acomodándolas en la bodega, hasta que llegó la última. Entonces el marinero, agradecido, le propuso invitarlo a tomar algo. Mientras caminaban hacia la taberna, le dijo que se llamaba Ramón y le preguntó qué hacía allí. Santiago le dijo que quería irse a América y que tenía algo de dinero para comprar el billete.

—Si vienes esta noche, te meto en la bodega y duermes allí —le dijo Ramón—. Zarpamos mañana. Guarda les perres[1] —añadió.

—¿Y a dónde va ese barco? —preguntó él.

—A Cuba —contestó el marinero—. Si no te gusta el frío, la cuenta.[2]

¿Cómo sería para Santiago ver el mar por primera vez?… No solo los fragmentos que había visto con ojos bien abiertos detrás del ajetreo del muelle, sino el mar cuando se convierte en océano, cuando la tierra desaparece y el agua se vuelve negra. Pienso en su nostalgia por la madre que había dejado atrás y también en el deseo de triunfar para ella, en la fuerza de ese deseo. Las condiciones de salubridad de

[1] *Perres*: dinero.

[2] *La cuenta*: «lo mejor para ti».

los barcos en aquellas largas travesías para los que viajaban con poco dinero debieron de ser extremas; solo la fortaleza física y moral pesaría en la balanza más que las desdichas del estómago vacío o la falta de horas de sueño, amén de piojos, ratas y otros molestos compañeros de viaje a los que habría que acostumbrarse. Santiago, que gracias a la bondad de Ramón pudo comer caliente algún día que otro y subir a cubierta de vez en cuando a respirar y estirar las piernas, aguantó como pudo las vicisitudes del viaje y un amanecer, asomado a la baranda junto a los demás pasajeros, divisó a lo lejos, envuelto en neblina, el perfil de la isla a la que lo llevaba el destino. Su primer pensamiento entonces fue para Isabel y recordó aquel amanecer lejano, cuando le dijo adiós. Sentía que habían pasado dos vidas desde entonces. Buscó a Ramón para despedirse y lo encontró numerando las cajas que se quedarían en La Habana. Le ofreció su ayuda, pero el marinero le dijo que no, que lo que tenía que hacer era comer y engordar un poco, que estaba en los huesos. Se dieron la mano y se desearon suerte. Santiago nunca lo olvidó, aunque no volvieron a verse.

III

La Habana

Recién desembarcado en La Habana, subió por la calle Teniente Rey en busca de trabajo. Le pareció importante y la recorrió despacio, dejando que el sol le calentara el cuerpo entumecido, contento de mover las piernas un buen trecho después de tantas semanas sin poder hacerlo. Caminados apenas ochocientos metros, quiso la fortuna que encontrase, en la esquina con la calle Compostela, una panadería y dulcería llamada El León de Oro, de donde salía un olor que despertó su apetito. Algo cansado, se sentó un momento en la acera junto al establecimiento y les pidió un vaso de agua a dos chicos algo mayores que él que estaban detrás del mostrador abierto a la calle. Hacía calor y llevaba horas sin beber. Ellos le preguntaron de dónde venía mientras le brindaban el agua. Él les contestó que era asturiano y que acababa de llegar. Los muchachos le dijeron entonces que ellos también eran asturianos y le pidieron que esperara un momento. Luego desaparecieron al fondo del local. Al poco rato regresaron con un hombre de mediana edad que le preguntó cómo se llamaba y si buscaba trabajo:

—Santiago —contestó él—. A eso vine.

—Pues ya lo encontraste, Santiago. Estos son Reinal y Faustino —dijo, señalando a los dos chicos—. Ellos te dirán lo que tienes que hacer.

Así que dejó sus cosas donde le dijeron y recorrió el local, todavía con el vaso de agua en la mano, escuchando las indicaciones de sus nuevos compañeros.

De la vida que llevó en La Habana, sabemos que comenzó durmiendo en el suelo de la panadería, debajo del mostrador, al lado de sus escasas pertenencias. Para un niño acostumbrado a dormir en una cueva, hacerlo al nivel de la calle era ya haber subido al menos un peldaño, y la bondad del clima, a la que se acostumbró con rapidez, hizo también que las penurias lo fueran menos. Una de las primeras tareas que le encomendaron fue moler el café que se vendía en el establecimiento y que tomaban al amanecer los maestros panaderos y dulceros según iban llegando, antes de comenzar su trabajo. Siempre fue madrugador; solía decir que el que duerme mucho vive menos, creía que dormir era perder el tiempo. Junto a sus compatriotas, que fueron como hermanos para él por su amistad y compañerismo, trabajaba de sol a sol, con tesón y disciplina férreas. Comían por turnos, porque siempre tenía que haber uno en el mostrador, y llegaron a ser algo así como «los tres mosqueteros del patrón», que de seguro les tenía profunda estima, tal vez como a los hijos que nunca tuvo, por cómo se portó con ellos cuando decidió jubilarse y regresar a Asturias.

A los pocos meses de llegar a La Habana, Santiago hizo el primer envío de dinero a su madre, cosa que continuó haciendo durante todos los años que esta vivió, y, para tranquilizarla y que no supiera de los trabajos que pasaba su hijo, consiguió hacerse una foto de postín que aún conservamos, ataviado con chaqueta y corbata. Una imagen que es todo determinación, que lo muestra en una actitud sosegada, la de alguien que ha tomado un buen rumbo en la vida.

Me imagino a Isabel mirando la fotografía de aquel hijo que fue para ella además padre y hermano, que la cuidó en la distancia y nunca la abandonó. Cuentan que en una ocasión le dijo a mi abuela, su nuera: «¡Ay, si todos los hijos fueran como este!»; expresando en esas pocas palabras toda su admiración por aquella criatura extraordinaria.

En el año 1921, tras catorce años de trabajo incesante que iban dando su fruto, Santiago viajó a España por primera vez desde su partida. Esa travesía, tan distinta de la anterior, cuando desconocía cuál sería su suerte, debió de ser uno de los momentos más dichosos de su vida. El reencuentro con su madre y con su hermana, el regreso con la cabeza alta al lugar de donde salió sin nada y el poder ofrecerle a la mujer que lo crio la satisfacción de verlo convertido en hombre y exitoso seguro que le proporcionó una felicidad difícil de igualar. Con lo que había ahorrado, les construyó a Isabel y a Rosa una casita a corta distancia del habitáculo que había sido su hogar hasta ese momento. Tenía cuatro paredes y un techo, una pequeña cocina de leña y una ventana que daba a una huerta. En esa ocasión, adquirió también algunas tierras colindantes. Ese viaje le deparó además una sorpresa con la que no contaba; gracias a él conoció a la mujer que fue su apoyo e inspiración constantes: la abuela Cándida. Según la historia que ha llegado hasta nosotros, su primer encuentro tuvo lugar en Tineo. Allí los viernes había feria de ganado y acudían gentes de toda la comarca. Santiago bajó caminando desde su villorrio al pueblo más cercano por donde pasaba «la Rubia», el autocar que comunicaba las aldeas y pueblos de la zona. También Cándida bajó esa mañana desde su aldea, a pocos kilómetros, y tomó el mismo transporte hasta Tineo, para ayudar a la tía María, hermana de su padre, en la casa de comidas que regentaba.

Ese día Santiago comió allí y algo observó María en aquel hombre de mirada tranquila y despierta que la conminó a decirle a la sobrina que dejara sus quehaceres y marchara tras él cuando vio que se levantaba. Parece ser que ella se resistió porque quería finalizar sus tareas, pero la tía insistió; le dijo que subiera a la Rubia con él y que procurasen hablar. Cándida obedeció: tomó la ruta de regreso, que era la misma de Santiago durante un trecho, y habló con él. Así comenzó un noviazgo que parece de novela, porque, semanas después, él le dijo que, si lo esperaba, volvería para casarse con ella y llevarla a Cuba y también le aclaró que podía ir a las romerías y bailar todo lo que quisiera durante su ausencia, como dándole a entender que si se enamoraba de otro... Ella lo esperó cuatro años. Diecinueve debía de tener Cándida cuando se comprometieron. Había nacido en una casa próspera de una aldea cercana a Tineo y era la cuarta de seis hermanos. Su madre se llamaba Teresa, y su padre, Luciano. La familia tenía tierras de labranza y el padre compraba ganado que alimentaba y luego vendía en las ferias comarcales. A esos desplazamientos lo acompañaba alguno de sus hijos y a veces aquella hija, que no mostraba mucho interés por las labores caseras y tenía en cambio un talento natural para el comercio. Mujer inteligente, sagaz, de fuerte carácter y llena de curiosidad, esta abuela, que recuerdo taciturna y callada los últimos años de su vida, me contó que, de niña, «juntaba» las letras en la ceniza del hogar de su casa, donde se las dibujaban sus hermanos mayores al volver de la escuela, y, ayudada por ellos, con paciencia y voluntad, aprendió a leer y a escribir, que debió de ser para ella un descubrimiento tan portentoso como la aventura que el destino le tenía reservada.

Santiago trabajaba duro; quería labrarse un futuro que mereciera la pena y ofrecérselo a la mujer que deseaba como compañera a su lado. La Habana vivía por entonces una gran expansión económica; en el puerto el trasiego era constante por tratarse de un enclave privilegiado en las rutas comerciales que salían o llegaban a América, de modo que El León de Oro fue ampliando poco a poco su oferta de mercancías. Al café, el pan y los dulces que se elaboraban allí con productos locales, se fueron uniendo las carnes enlatadas, el aceite de oliva y los vinos que llegaban de España, como Marqués de Riscal o Paternina, y también productos nuevos, como los turrones Monerris Planelles en Navidad o la sidra-champán El Gaitero, entre otros. Esa fusión, que tuvo lugar de modo paulatino y natural, le fue dando al local un aire hispano-cubano que conquistó buena reputación en la ciudad, donde llegó a gozar de gran popularidad.

Cuando el dueño decidió jubilarse y regresar a España, traspasó el negocio a sus tres empleados, que, gracias a todo lo que habían vivido juntos, eran ya buenos amigos. Fueron años propicios para trabajar; la clientela del establecimiento aumentaba día tras día y aquellos que los conocían se mantenían fieles. Sin embargo, Faustino y Reinal querían regresar a España y establecerse en Asturias a no muy largo plazo, mientras que Santiago tenía otros planes.

IV

La boda escondida

En el año 1925, Santiago cumplió su promesa y regresó de Cuba para casarse con Cándida. Por entonces, ya les estaba comprando a sus antiguos compañeros su parte del negocio. Ellos querían establecerse en Oviedo y Gijón, de donde eran oriundos, pero él deseaba vivir y formar su familia en La Habana. Durante esos cuatro años de ausencia de Santiago, Cándida había seguido con su vida. María, la tía protectora, se alegró de que la sobrina quisiera abrirse camino en una tierra lejana llena de oportunidades y le dio consejos para su futura vida de casada. Le habló de los hombres y de las cosas que les importaban. Ella la escuchó y deseó casarse para que le sucediera todo aquello de lo que le hablaba la tía. Santiago se sintió siempre un hombre afortunado. Cuando miraba a su prometida, estaba seguro de que había elegido bien. Cándida tenía ojos oscuros y una abundante y larga cabellera de color castaño que ella misma se cortaba cuando lo creía oportuno. Se hacía una trenza, le daba un tijeretazo en la punta y luego la enroscaba y la sujetaba con horquillas en lo alto de la cabeza. Nunca pisó una peluquería. Era hermosa y estaba bien formada, una mujer de una pieza a la que proteger y amar, con la que compartir las alegrías y las penas de la vida. Cándida sentía que aquel hombre era distinto a todos los que conocía, admiraba su determinación y la fuerza de sus convicciones; no hacía caso a las vecinas que intentaban disuadirla diciéndole que mejor se buscara alguien del pueblo, que no se fuera tan lejos de los suyos; ella se sentía orgullosa de todo lo que él había hecho por su madre y su hermana, la atraía mucho la idea de viajar a Cuba y empezar allí una vida distinta con él y le gustaba, sobre todo, que hubiera cumplido su promesa. Eso lo hacía, a sus ojos, digno de confianza.

La boda tuvo lugar lejos de sus respectivos lugares de origen, en una pequeña ermita de difícil acceso, escondida entre montañas. Esto me hace pensar que la ceremonia estuvo rodeada de un aire secreto, que quizá no fue un acontecimiento al uso. Imagino la pequeña comitiva en burro o a pie, saliendo al amanecer hasta el lugar del encuentro, y a Santiago esperando a su prometida en el altar junto a Isabel y a Rosa con sus hijos pequeños. ¿Iría alguien más de su familia?... La novia iba vestida de negro, de luto por su madre, y entró al templo del brazo de su padre, seguidos de la tía María y de sus hermanos. Después de la sencilla ceremonia, ¿cómo habrá sido para Cándida y Santiago, convertidos ya en esposos, salir a la luz de aquel primer día de su nueva vida de casados? Tuve ocasión de visitar ese lugar y me sorprendió su sencilla belleza, una joya que ennoblece el paisaje sereno que la envuelve. Mi hija y yo llegamos a mediodía, después de un complicado ascenso en coche, porque el camino en zigzag tenía muchos tramos en obras y el polvo dificultaba la visión. En el último trecho, en cambio, se mostraba nítidamente toda la grandeza que custodian esas brañas: flores silvestres blancas, amarillas y moradas bordeando la carretera, árboles inmensos que se iban tiñendo de los tonos del otoño bajo un cielo azul sin nubes y un sol radiante que caía como una cascada de luz sobre la ermita solitaria.

Allí sentí como si viviera dos vidas, la presente y la que comparto con los fantasmas del pasado. Algo parecido a una memoria ancestral se despertó en mí y vi a Santiago y a Cándida salir caminando juntos, acercarse a la barandilla que hay a la izquierda del pequeño templo y contemplar aquella tierra que pronto dejarían atrás para decirle adiós desde el alma. Me vinieron a la memoria los versos de Rosalía: «Adiós, vista dos meus ollos, non sei cando nos veremos». Todo en aquel lugar me hablaba de algo lejano y para siempre perdido que tenía que ver conmigo. De pie bajo aquellos árboles, sentí la presencia invisible de los abuelos envolviéndome como el aire y la luz, y habité un instante que estaba teniendo lugar ahora como entonces.

V
Un mundo nuevo

Los esposos se fueron a Cuba. Santiago estaba contento de no regresar solo y durante la travesía le habló a su mujer de La Habana y de cómo era vivir allí. Cándida escuchaba y preguntaba; todo era nuevo y los días a bordo se hacían largos. No podía imaginar cómo iba a ser su vida a partir de entonces y por eso tenía ganas de empezarla. Echaba de menos a la tía María. Se propuso escribirle en cuanto pudiera para contarle cómo era ir en barco y decirle también que se acordaba de todo lo que le explicó y que tenía razón: era bueno estar casada.

Se instalaron en los altos de El León de Oro. Reinal y Faustino se habían trasladado a una pensión para dejar el piso al matrimonio. Cándida le dio la vuelta a la casa y limpió a fondo todas las habitaciones. Previsora, había llevado ropa blanca para las camas y también equipó la pequeña cocina con algún cacharro más, aunque donde se hacía la comida para la familia y el personal era abajo, en la panadería. Ordenó los armarios y colocó los muebles a su gusto. Santiago la dejaba hacer y ella fue convirtiendo aquel espacio en un hogar al tiempo que se familiarizaba con el barrio y los negocios vecinos, como la farmacia La Reunión, conocida como Sarrá, en la acera de enfrente, famosa en toda la ciudad, o la iglesia del Cristo, donde empezó a escuchar misa los domingos. Siempre que podía, bajaba y se dejaba ver por el negocio junto a Santiago.

Con el tiempo se hicieron socios del Centro Asturiano y la abuela también de la institución Hijas de Galicia, en cuyo hospital, el Concepción Arenal, nació Santiaguito, el primogénito, en septiembre de 1926. A este hijo lo criaron con gran severidad. Fue educado en el colegio de los padres agustinos y desde la adolescencia estuvo presente en el mostrador de la panadería en sus ratos libres. Allí despachaba, hacía números y ayudaba en todo al padre, que poco a poco le fue confiando más tareas y responsabilidades. Le gustaba mucho jugar al béisbol y no lo hacía nada mal. Era su ocupación favorita fuera de la escuela y cada vez le dedicaba más tiempo los fines de semana. Hasta que un domingo su padre se presentó en el campo de juego y le ordenó que lo dejara porque había trabajo que hacer. Debió de dolerle mucho, pero fue obediente y no volvió a jugar. También era buen bailarín y lo hacía siempre que se le presentaba la oportunidad. Solía acudir con sus amigos al Centro Asturiano o a alguno de los locales de moda en la ciudad, que eran muchos y contaban con orquestas e intérpretes extraordinarios por aquellos años.

Eso sí, al amanecer, cuando tocaba regresar a casa, tocaba también subir la reja de El León de Oro, la que llamaban «la María», y empezar a despachar el pan recién horneado. Por entonces la juventud podía con todo, aunque en algún momento caería una cabezadita sobre los sacos de harina del almacén o en el retrete, lo justo para recuperarse un poco y seguir trabajando.

Otro mes de septiembre, en 1929, nació su segundo hijo, otro varón, al que llamaron Luciano en honor al abuelo materno. Este niño, conocido como Lucky, era muy inquieto y travieso. Ya desde pequeño lo que más le gustaba era estar en la calle. Se escapaba una y otra vez del colegio, hasta el punto de que los padres decidieron internarlo en el centro que los religiosos agustinos poseían a las afueras de La Habana. Transcurridas unas semanas, consiguió escapar ayudado por un jardinero que le facilitó una escalera y regresó a casa dispuesto a enmendarse si lo sacaban de allí. Pero fue internado de nuevo. Como volvió a las andadas, llegó un momento en que lo dejaron por imposible y aceptaron que los estudios no eran lo suyo. Aprendió a hacer pan, cosa que lo sacaría de más de un apuro económico a lo largo de su vida, pero tampoco parecía dispuesto a sujetarse a los horarios del oficio; decía que no le gustaba madrugar. Así que nadie sabía muy bien lo que hacía, pero el caso es que nunca estaba ocioso. Llegó a ser realmente bueno empinando papalotes.[3] Él mismo diseñaba los suyos y les colocaba en el

[3] *Papalotes*: en Cuba, cometas. *Volar* o *empinar papalotes* desde las azoteas era uno de los juegos favoritos de los niños habaneros.

hilo cuchillas de afeitar para cortar los de sus competidores a medida que iban subiendo hacia el cielo y así ganar a todos. Decía que era una práctica habitual entre «profesionales» y que él lo hacía para que cierta muchacha viera el suyo allá en lo alto, flotando solitario, y se acordara de él.

Contaba la abuela que, en una ocasión, estaba con Santi y Lucky, que montaban en bicicleta por el malecón habanero, cuando unos niños se acercaron y le arrebataron a Santi la suya tirándolo al suelo de un empujón. Lucky salió tras ellos pedaleando. En cuanto los alcanzó, les entró a piñazos[4] sin mediar palabra y los amenazó con algo peor si volvían a meterse con su hermano, cosa que, por fortuna para todos, no volvió a suceder.

El aplomo resignado de Santi, llamado desde niño a hacerse cargo del negocio, y la indisciplina de Lucky, que tantos coscorrones le costó, fueron la música de fondo de aquellos años. Todos formaban parte de algo más grande, una familia alrededor de una idea: salir adelante costase lo que costase.

[4] *Entrar a piñazos*: dar una paliza, entrar a golpes.

VI

La niña de El León de Oro

En el verano de 1934 Santiago y Cándida viajaron a España con Santi y Lucky porque Isabel estaba enferma: arrastraba una pulmonía desde finales del invierno que no mejoraba y necesitaba cuidados. Rosa vivía en otra aldea con el padre de sus hijos, que ya eran tres, y visitaba a su madre siempre que podía, pero tenía sus propias obligaciones. Así que los abuelos cuidaron y acompañaron a Isabel durante todo el verano. En septiembre, cuando planeaban viajar de regreso a La Habana, Cándida le dijo al abuelo que estaba embarazada; llevaba dos faltas y no quería arriesgarse a viajar. Como tampoco le agradaba dejar a su suegra, que, aunque mejoraba, seguía muy débil, decidieron que Santiago regresara solo y que viniera a buscarlos más adelante. Los niños habían hecho amigos durante el verano, así que los matricularon en un colegio cercano para que no perdieran el curso. A Isabel le gustaba su compañía y Cándida no quería separarse de ellos.

A finales del invierno de 1934 Santiago volvió. Isabel estaba curada, aunque la larga enfermedad le había dejado secuelas. Con pesar se despidieron de ella y la familia regresó a Cuba. El abuelo quería que su hijo naciera en La Habana. La abuela recordaba esa travesía como interminable, lo único que la aliviaba era respirar el aire del océano sentada en la cubierta del barco. Se movía con mucha dificultad, apenas podía dormir y, aunque comía con apetito, deseaba con todas sus fuerzas pisar tierra firme.

Por fin arribaron al puerto de La Habana. Dieciséis días después, en el mes de abril de 1935, Cándida rompió aguas en la cocina de su casa, en los altos de la panadería. Rápidamente la acostaron y fueron a buscar al médico, pero entre tanto llamaron a Ena, una de las cocineras de El León, que había sido partera. Fue esta mujer, ayudada por su hija, la que tomó las riendas. Dijo que no había tiempo de llevarla al hospital, porque ya coronaba la cabeza del niño; pidió toallas y sábanas limpias y entre las dos asistieron a la abuela. En un momento dado, Ena se subió encima de su vientre para ayudarla a empujar y así las encontró el médico de la familia cuando llegó. Asombrado, alabó su buen hacer y terminó lo que ellas habían comenzado. Luego examinó y limpió a la recién nacida, la tomó en sus brazos y dijo que era una bebita «sana, hermosa y despierta». Felicitó a la abuela y colocó a la niña en su pecho, porque «cuanto antes mejor». Santiago miraba emocionado desde el umbral de la puerta a Cándida y a su hija. Cuando todos se fueron, él se acercó a conocerla.

Inés, mi madre, conquistó desde su llegada a este mundo el corazón de Santiago. Tenía un carácter dulce y a la vez decidido, estaba llena de curiosidad y mostraba una inteligencia natural asombrosa. Iba con gusto a la escuela, tenía muchas amigas, era coqueta, soñadora y aplicada. De su niñez, recordaba un acontecimiento dramático que sucedió muy cerca de su casa. Regresando del colegio una tarde, presenció el atropello de un niño que murió en el acto arrollado por un automóvil. Este episodio la conmovió profundamente y la dejó muda durante varios días. En ese momento fue consciente, sin saberlo, de la fragilidad de la vida y algo se fracturó también dentro de ella en aquel instante. Muchos años después lo seguía recordando con nitidez y tal vez influyó de forma indirecta en su decisión de hacerse maestra.

En la primavera de 1939 nació su hermano Manuel, el que más parecido físico guardó con ella. A Cándida siempre le decían: «Qué niña tan guapa», cosa que la irritaba y la llevaba a cortarle los rizos de su abundante cabellera para darle un aire más masculino. Pero daba igual: las mejillas sonrosadas y los labios regordetes de Manuel se prestaban siempre a confusión. Este hermano y León, el último del clan, que vino al mundo un año después, en junio de 1940, fueron los inseparables compañeros de juegos de Inés durante la infancia y la adolescencia. La relación con los hermanos mayores vino después, en la madurez. Todos, excepto Lucky, que siempre fue por libre, realizaban tareas en el negocio: Manuel y León repartían el pan cada día antes de ir a la escuela y ella limpiaba las neveras y ayudaba en el mostrador los fines de semana o si había mucho movimiento. Pero su grado de implicación nunca fue como el de Santi.

Inés alargó su infancia por acercarse a sus hermanos pequeños, cuyos juegos eran bastante brutos, cosa que la divertía mucho y le encantaba recordar. Estos dos hermanos, Manuel y León, fueron los que realizaron estudios superiores. También ella estudió para maestra en la Escuela Normal de La Habana y ampliaba su formación con un curso de pedagogía cuando se cerró la universidad en 1959. Siempre echó de menos el alimento intelectual que representaba para ella conversar con sus hermanos, el estímulo de sus comentarios, el sentido crítico y la alegría de sentirse escuchada en las interesantes conversaciones que mantenía con ellos y con sus amigos durante las comidas familiares. Una vida que acabó bruscamente cuando llegó el exilio y dejaron atrás su casa y su país. Todos se fueron excepto Manuel y el abuelo Santiago; uno porque la Revolución lo conquistó, y el otro por no abandonar la tierra que le había dado todo.

La vida en los altos de El León de Oro no era cómoda. A la vivienda se podía acceder desde el interior del local, por una escalera que daba a una pequeña terraza o balcón que comunicaba con la cocina, y también a través de la entrada independiente de la calle Teniente Rey. Esa puerta conducía a una escalera muy empinada que ahora, cuando se llama al timbre, los actuales habitantes de la casa abren desde arriba con una cuerda atada al picaporte. Lo comprobamos mi hermana María y yo cuando visitamos La Habana en 2017 para conocer el que había sido el hogar de nuestra familia.

En el tiempo de los abuelos, la casa era propiedad de las monjas de un convento vecino y estas le permitieron a Santiago hacer algunas ampliaciones según fue aumentando la familia. Por aquel entonces sus antiguos compañeros y socios ya habían regresado a Asturias tras venderle su parte del negocio. Cuando Inés cumplió quince años, se levantó junto a la cocina un pequeño cuarto de baño cuadrado con ducha. Hasta ese momento todos habían usado el que estaba en la planta baja, que compartían con los trabajadores. Más adelante, cerca de ese baño, levantaron otro cuarto que caía sobre el horno principal. Ahí durmió Tino, un sobrino de Cándida que Santiago trajo de España y vivió y trabajó allí algunos años. Cuando desembarcó en La Habana, la primera pregunta que le hizo el abuelo después de darle la mano fue «si conocía los números», a lo que él contestó que sí, que había ido a la escuela y los había aprendido. Muchos años después, en Madrid, donde pasaba unas vacaciones con su esposa, este primo de nuestra madre, que vivía ya jubilado en Miami, me contó que de niño en Asturias se moría de frío y en aquel cuarto de El León de Oro, de calor, pero que era «mejor lo segundo». También estaba muy agradecido a los abuelos, porque en la panadería «trabajaba de pie y no agachado siempre sobre la tierra», cosa que notó su espalda desde el primer día.

Después de Tino llegaron dos sobrinos nietos de Santiago, nietos de su hermana Rosa, primero Rosita y más tarde Pepito, que se alojaron también en la casa. Ella ayudaba en los trabajos de limpieza, y él, en el mostrador o en la elaboración del pan. La hora del almuerzo era un momento para confraternizar y la familia y los trabajadores lo compartían a diario. En el patio interior, junto a la cocina, colocaban unos tablones sobre borriquetas a los que arrimaban sillas de tijera, ponían un mantel por encima y ahí comían todos. Luego recogían los platos y volvían a guardar los tablones hasta el día siguiente. Como el negocio no cerraba, si entraba algún cliente mientras estaban almorzando, había que levantarse a despachar, y eso lo hacía cualquiera de la familia o el que se hubiera sentado más cerca del mostrador.

Inés era una niña obediente con una extraordinaria fantasía. Algunos viernes, al salir de la escuela, ella y sus amigas se compraban cucuruchos de maní,[5] se iban al malecón y se los comían mirando al mar. Eran pocos los momentos de libertad que podía disfrutar: sus padres siempre querían saber dónde estaba y sus hermanos la custodiaban con celo, obedeciendo el mandato parental. Ella se rebelaba en su interior contra aquel destino y sufría cuando se comparaba con ellos; lo vivía como algo injusto e incomprensible, pero su carácter buscaba el bienestar de forma natural y por eso procuraba olvidar las desdichas y se concentraba en los momentos buenos, que eran muchos: las tardes en el cine con programa

[5] *Maní*: cacahuete.

doble viendo películas de sus actores favoritos, siempre en versión original subtitulada; los sándwiches club del Ten Cent con un batido de mamey; las mañanas de verano con sus hermanos pequeños y su madre en la playa de la institución Hijas de Galicia, a la que Cándida pertenecía. También visitó Asturias para conocer la tierra de la que provenía la familia. En uno de esos viajes, que duró casi un año y que hizo acompañada de su madre y su hermano León, se compró una máquina Singer en Oviedo y aprendió a coser de forma profesional. A partir de entonces, se confeccionó toda su ropa.

La vida en La Habana transcurría con placidez. La panadería abría todos los días de sol a sol, únicamente cerraba unas horas los domingos por la tarde. Durante esos ratos, Santiago y Cándida tenían por costumbre sentarse a la fresca en sendas sillas en el patio interior y hablar entre ellos en bable, la lengua de su tierra, comentando las novedades de familiares y conocidos de los que hubieran tenido noticia por la correspondencia que mantenían con ellos. Su hijo pequeño, León, los escuchaba muchas veces porque jugaba por allí y aún recuerda con cariño aquellos momentos de cómplice intimidad de sus padres en su lengua materna. Vida y trabajo eran indisolubles y esa filosofía, que anteponía el deber a todo, se la transmitieron a sus hijos y sobrinos con su ejemplo y su incansable espíritu de lucha.

ELEGIR

I

El *flacu* de la bicicleta

Se había enamorado de ella al primer vistazo y, apoyado en el muro de la casa de enfrente, junto a su bicicleta, liaba un cigarrillo tras otro esperando verla aparecer. Edelmira se asomaba a la ventana y lo veía ahí, aguardando a que ella saliera a cualquier recado para acercarse, sujetando la bici por el manillar, y seguirla un trecho a distancia, sin hablar. A veces, ella se deslizaba con sigilo por la parte de atrás de la casa, donde estaba el corral, y escapaba ocultándose entre los árboles para que él no la viese. En una ocasión, cuando regresó, ya casi había oscurecido. Venía hablando con su madre y se había olvidado de él, aunque distinguió la brasa del cigarrillo y su silueta junto a la pared. Aún continuaba ahí cuando ella entró en la casa y corrió a la ventana para ver qué hacía, pensando que tal vez aquel desaire lo haría desistir definitivamente. Pero Benjamín todavía esperó un rato antes de alejarse pedaleando. Ella sintió entonces una gran ternura hacia aquel joven tranquilo, que parecía no rendirse con facilidad.

Aun así, permaneció esquiva, aguantando las bromas de sus hermanos, que se reían del «flacu» y de su obstinación y le decían que aquel «mozu» se merecía una estatua. Eran la comidilla de la calle. Hasta que un día, cansada o para que la dejaran en paz, permitió que la acompañara y habló con él. Pocas semanas después se hicieron novios. Cuando Edelmira se lo comunicó a sus padres, estos le dijeron que no se precipitara, que seguro que podía encontrar un pretendiente mejor. Ella los escuchó con respeto y les contestó que Benjamín era tímido, pero no tonto, y que sus ocurrencias la divertían mucho. Una tarde se presentó con una capa negra y un sombrero.

—¿De qué vas disfrazau? —preguntó ella.

—De nada, ye[6] por ir a juego con tu mantilla —dijo él, haciéndole una reverencia.

Porque Edelmira, en lugar de usar pañuelos en la cabeza, que le parecía una vulgaridad, se la cubría con una mantilla negra, a su juicio mucho más elegante. Y así se fueron de paseo aquel día. Otra vez, se ofreció a enseñarla a montar en bicicleta, idea que a ella le pareció disparatada: «Si nos casamos, a lo mejor», le dijo, haciéndose la interesante. Caminaban calle arriba y calle abajo y a veces, cuando se quedaban sin tema de conversación, él se ponía a cantar de repente a voz en grito.

—¿Qué haces, Jamín?... Van tiranos piedres —le decía—. ¡Calla, ho![7]

---

[6] *Ye*: «es».

[7] *Ho* y *hom*: en Asturias, formas apocopadas de «hombre», muy comunes en el habla coloquial.

—¿Tan malu soy? —le preguntaba él.

—No —contestaba ella—. Ye que no ye el momentu. —Pero se moría de risa por lo bajo.

El padre de Edelmira, al que ella estaba muy unida, se llamaba Manuel y era un hombre corpulento que aún parecía más grande comparado con lo menudita que era su esposa, Regla. Esta, pequeña pero recia, le dio nueve hijos, seis hombres y tres mujeres, y decían que era el alma de la casa, una de esas personas apreciada por su generosidad y su empatía hacia todo el mundo. La familia vivía en Coruño, en una casa amplia y luminosa en la que siempre había gente, porque Manuel, que trabajaba en la fábrica de explosivos, fue también algunos años alcalde de Llanera y lo visitaban vecinos y autoridades municipales. Hasta el obispo de Oviedo pasó por allí. Casi todos los días había invitados a comer o algún amigo que se quedaba a cenar.

El pueblo tenía hileras de casas de ladrillo rojo para los trabajadores y amplias veredas bordeadas de árboles. Había hasta un campo de aviación muy conocido en Asturias. Hoy queda en pie la iglesia de Santa Bárbara, dedicada en la actualidad al *skate,* un lugar al que llegué cargada de prejuicios y del que me fui gratamente asombrada.

La familia del abuelo vivía en una casona en Lugones, pueblo cercano a Oviedo. Su padre se llamaba José, aunque todos lo llamaban Pepe, y su madre, Rosa. Tuvieron cuatro hijas y tres hijos; el último fue Benjamín. José era tornero, oficio que también aprendió y ejerció su hijo menor. Para aumentar los ingresos de la familia, el padre decidió montar un bar y casa de comidas en la parte de abajo de la casona, aprovechando dos grandes estancias que daban a la carretera. El lugar era por entonces de paso obligado entre Oviedo y los pueblos de la comarca, un buen sitio para hacer un alto en el camino, por lo que la afluencia de viajeros y parroquianos estaba asegurada.

El resto de las estancias y toda la parte de arriba las ocupaba la familia, y con el tiempo alquilarían también algunas habitaciones. Buscando nombre para el local, se les ocurrió La Máquina, porque en la fábrica donde trabajaba Pepe había un gran torno que trajeron de Alemania y solo él sabía manejar; de modo que, para diferenciarlo de otros compañeros con el mismo nombre, bastante común, cuando preguntaban por él decían: «Avisa a Pepe, el de la máquina». Es el mismo restaurante que hoy se conoce como La Máquina de Lugones y que llevan los descendientes de la familia que lo adquirió después, cuando acabó la guerra.

Las hermanas del abuelo eran guapísimas; siempre iban muy arregladas y elegantes y se metían con él porque le gustaba andar desaliñado y jugar por el suelo con los perros. En una ocasión, se estrenaba una obra en el teatro Campoamor de Oviedo y no quedaba una butaca libre. La flor y nata de la sociedad ovetense lucía en esas ocasiones sus mejores galas y allá fueron las hermanas del abuelo Benjamín con amigas y pretendientes. En la entrada vieron a un chiquillo sucio y despeinado que se movía entre la gente con la mano extendida y despertaba lástima; cuál no sería su sorpresa cuando, al ir ellas a pasar, el crío soltó a voz en grito: «Miraíles… Tan arreglaes elles y cómo me tienen a mí, desarrapau y muertu fame…».[8] Podemos imaginar el revuelo que se armó cuando, por debajo de los harapos, descubrieron a Benjamín muerto de risa. Desde muy pequeño destacó por sus dotes para la interpretación y por el humor tan personal que conservó durante toda su vida. Nada como ver con él una película de Chaplin en la televisión y escuchar sus comentarios. Era el alma de las fiestas; donde había un corrillo y se oían risas, ahí estaba Jamín.

Edelmira iba aplazando la boda; parecía no tener ninguna prisa por dejar la casa familiar y sus costumbres de soltera. Como era muy buena con la máquina de coser, confeccionaba su propia ropa con las telas que le traían de Cuba sus hermanos mayores. También ayudaba en las tareas domésticas, como alimentar a los animales o cocinar junto a su hermana Justina. Ambas llegaron a ser excepcionales en los fogones. Junto a Regla, se ocupaban además de mantener la casa limpia y recogida, por si llegaba una visita inesperada, cosa que ocurría con frecuencia a cualquier hora del día.

Al caer la tarde, Edelmira daba un paseo con mi futuro abuelo cuando él salía del trabajo. En esos ratos, hablaban de su vida. Así se enteró de que Benjamín había pensado alguna vez en marchar a Cuba, pero nunca llegó a hacerlo porque su madre no quería que se fuera tan lejos.

---

[8] *Fame*: hambre.

Luego había empezado a trabajar en la fábrica y entonces se había fijado en ella y se le habían pasado las ganas de viajar. Ella, recogiendo el guante, le contó que estaba bordando las mantelerías y las colchas de su ajuar, que ya estaba casi listo aunque le faltaban algunas piezas. Benjamín la dejaba hablar y de repente le preguntaba a dónde le gustaría ir de luna de miel. «Tengo que pensarlo —le contestaba ella risueña y añadía—: Todavía no sé si me voy a casar contigo». Y se despedían, contentos, hasta el día siguiente.

Estaban pensando en la fecha para la boda cuando Manuel enfermó y tuvo que dejar el trabajo y las tareas como alcalde que ejercía por entonces. Acusaba un profundo cansancio y se quejaba de un dolor en el pecho tan fuerte que se vio obligado a guardar cama. Toda la familia se volcó en sus cuidados. Regla no se despegaba de su lado, le hablaba de las cosas de la casa y le daba con paciencia los alimentos que podía tolerar. Los amigos y conocidos pasaban a interesarse por su salud. Hasta que una madrugada murió de un fallo cardiaco, según informaron los médicos. Para la familia fue una tragedia. Todos se unieron en torno a la matriarca en aquella casa que parecía haberse quedado sin vida. Los hijos mayores le propusieron llevársela a Cuba, pero ella nunca quiso abandonar el pueblo y guardó luto por Manuel el resto de su vida. Decía que allí había nacido y allí, junto a él, quería ser enterrada.

Meses después del fallecimiento de su padre, Edelmira y Benjamín se casaron y se fueron de luna de miel a Madrid. Un viaje que me relató la abuela muchas veces, porque era lo más lejos que habían estado nunca los dos de su pueblo. Fueron en autocar desde Oviedo, un trayecto que, por aquellas carreteras y con las paradas para dejar y recoger viajeros, debió de durar casi un día. Al llegar a Madrid, la pareja se instaló en una pensión de la calle Alcalá. La mañana de su segundo día de casados, salieron a dar una vuelta por los alrededores hasta la hora de comer y, por la tarde, Benjamín alquiló un coche de caballos para pasear por las calles y plazas más bonitas de la ciudad. Pasado un tiempo que le pareció prudencial, él ya quería regresar, pero ella le pidió alargar más y más el paseo y así estuvieron recorriendo Madrid hasta que el trasero o el bolsillo del abuelo dijeron basta y volvieron a la pensión. Siempre que la abuela contaba esa historia, decía que ella quería «ver Madrid» y que lo que él quería era verla a ella porque era «un poco frescu». Y añadía: «Los hombres, ya se sabe lo que quieren». Por si no me había quedado claro.

A su regreso al pueblo, se instalaron en una casita cercana al hogar familiar de Benjamín. La vida de casados no fue fácil para ella: echaba de menos a sus hermanos y a su madre. Muchas tardes iba a visitarlos, aunque eso supusiera caminar varios kilómetros. Luego, al anochecer, el abuelo iba a buscarla y la traía de vuelta a casa sentada en la barra de su bicicleta.

El primer hijo que tuvieron murió a los pocos meses de pulmonía y lo mismo le sucedió al segundo, otro varón. Me habló muchas veces de su inmensa pena, de la desolación que sintieron ante aquellos ataúdes blancos cubiertos de flores, de lo mucho que lloraron aquellas pérdidas. En ese momento debió de empezar su costumbre de rezar sin descanso. El tercer hijo, al que llamaron Benjamín, logró salir adelante y con él descubrió Edelmira su verdadera pasión: la maternidad. Se entregó a él en cuerpo y alma. Tejía, cosía y bordaba su ropita, lo llevaba con ella a todas partes y disfrutaba viéndolo comer, porque todo le gustaba. Además, era alegre, como su padre, y le mostraba un amor reverencial. Nunca en toda su vida se alejó mucho de ella.

Un año después, en 1931, nació el cuarto y último de sus hijos, José Alberto, al que todos llamarían Pepito, mi padre. De carácter intuitivo y muy observador, este niño sentía adoración por su hermano; siempre se les veía juntos. Edelmira los vestía igual y los llevaba con ella a la iglesia y a visitar a las amigas o la familia. Durante esas tardes en casa de la abuela materna, papá recordaba con especial cariño el tiempo que pasó contemplando a los animales. Se sentaba en los peldaños de la cocina, que daban al corral, y, mientras tomaba la merienda, observaba a las gallinas con sus polluelos; a los gallos pavoneándose por el corral; a los perros, que dormitaban al sol o perseguían algún gato que saltaba del tejado; a la vaca, que se llamaba Careta y cuando lo escuchaba acercarse giraba la cabeza y mugía al reconocerlo. Los gorriones, recordaba, venían «rápidos como centellas» a por su ración cuando les tiraba migas de pan y añadía que le encantaba verlos salir volando con el pan en el pico. Nunca se cansaba de mirar a los animales.

Regla, a la que todos los hijos y nietos llamaban mamina, se sentaba a veces junto a él y le cantaba una canción que pronto memorizó y cantaba con ella. Decía así:

Dicen que morreu el raposu,[9]
camín de la romería,
si morreu Dios lu perdone,
buenes gallines comía.

---

[9] *Morreu el raposu*: «murió el zorro».

II

La infancia y la guerra

Edelmira era una mujer muy religiosa que vivía entre los vivos y los muertos. Estos últimos, para ella siempre estaban presentes. Oraba igual y continuamente por unos y por otros. Enseñó a rezar a sus hijos y les inculcó una profunda fe en la Virgen. Un domingo les puso a los dos hermanos unas sandalias blancas para ir a misa, nuevas y muy bonitas. Después de la ceremonia y hasta la hora de comer, los niños se fueron a jugar por ahí como siempre con sus primos y amigos. Cuando llegaron a casa, ella los estaba esperando en la puerta y se fijó en que iban descalzos. Les preguntó qué había pasado y ellos le dijeron que habían visto a unos niños muy pobres, sucios y sin zapatos, y que les habían dado las sandalias. Edelmira no supo qué decir, así que siguió su primer impulso, los abrazó y los cubrió de besos.

En un cuarto que había en la parte de abajo de La Máquina, Benjamín montó un taller de reparación y venta de bicicletas para aumentar los ingresos de la familia. Allí era donde más le gustaba estar. Desde muy niños, papá y el tío lo ayudaban. Solía estar allí por las tardes cuando llegaba del trabajo y también muchos ratos los fines de semana. Casi seguro que en ese lugar nació la afición del tío Benjamín por la mecánica y los motores, que luego se convirtió en pasión y fue a lo que se dedicó desde que tuvo edad para hacerlo: reparar y conducir coches y motos; hasta llegó a pilotar avionetas. Nada que tuviera un motor se le resistía.

El abuelo y las bicicletas. Me recuerdo de niña por Lugones sentada en la barra de la suya. Mientras pedaleaba despacio, sujetando el manillar con una mano y rodeándome el cuerpo con el otro brazo, yo le preguntaba por todo lo que veíamos y él silbaba melodías entre respuesta y respuesta. Tenía una voz un poco ronca pero dulce y hablaba bajito. Era muy delgado, de pelo moreno rizado y ojos color verde uva, clarísimos.

Aunque nunca olvidó lo que aprendió de su padre y junto a su hermano en aquel taller familiar, a papá no le iban tanto las máquinas: a él lo que de verdad le gustaba era dibujar. Su afición comenzó cuando era muy pequeño. Dibujaba en el suelo con carbón de la cocina, sobre piedras planas con trozos de ladrillo rojo, en los papeles grisáceos que rescataba de la basura, donde le envolvían los mandados[10] a la abuela. Más tarde, en la escuela, todos lo conocían por su extraordinaria

[10] *Mandados*: Edelmira llamaba así a los paquetes de comida que traía envueltos en un grueso papel muy poroso de color grisáceo.

caligrafía. Sus cuadernos siempre se mostraban a los inspectores escolares cuando pasaban por las clases para valorar los progresos del alumnado y a los demás compañeros como ejemplo a seguir, cosa que a él no le gustaba, aunque se sentía orgulloso. El maestro apreciaba tanto su buena letra que, durante las vacaciones de verano, lo llevaba de escribano a los campamentos que organizaba la escuela en los montes de León. Allí, entre marcha y marcha, rellenaba las cuartillas con las tareas del día siguiente para los diferentes equipos, anotaba cómo iba la reserva de víveres o escribía al dictado lo que el maestro le solicitara.

Muy pronto, el dibujo y la geografía, que guardaba relación directa con su otra pasión, viajar, se convirtieron en sus asignaturas predilectas y destacaba en ambas. Se sabía de memoria los nombres de los ríos más largos, de las montañas más altas, de los mares y los océanos, de las capitales de todos los países, por recónditos que fueran. Miraba ensimismado fotos de los monumentos más famosos del mundo por su belleza o su grandiosidad, como las pirámides de Egipto, que tanto le hubiera gustado contemplar.

Cuando tenía cinco años, empezó la guerra. Los recuerdos de aquellos tiempos no eran muchos, pero eran terribles. Recordaba a su madre pidiendo comida a los vecinos para darles algo de cenar, un huevo, pan, manteca…, o también sacudiendo el cestillo del pan para recoger en el hueco de la mano las migas que quedaban en el fondo. Muchas veces me habló de la sensación de irse a la cama con hambre y no poder dormir por los ruidos que hacían sus tripas o las de Benjamín, con quien compartía habitación. Un día que iban caminando hacia la escuela, su hermano se detuvo a leer algo que estaba escrito en el arcén con pintura blanca: un nombre propio y, al lado, TE VAMOS A MATAR. Se tomaron de la mano y apuraron el paso, asustados. Recordaba, con una tímida sonrisa, cuando las sirenas anunciaban ataques aéreos en tiempo de clase y maestros y alumnos salían de las aulas corriendo, bajaban a los refugios en los sótanos del edificio y allí esperaban a que regresara el silencio. Después, si el ataque había causado algún daño o era tarde, los profesores les decían que recogieran sus cosas y se fueran a casa porque ya no había clase ese día, cosa que hacían sin demora, contentos. Otras veces, las sirenas los sorprendían jugando al fútbol; entonces corrían a esconderse en unos tubos de hormigón abandonados que había cerca del campo donde jugaban y allí permanecían apretujados hasta que pasaba el peligro. Luego se despedían y se iban a casa, como sus madres les habían pedido que hicieran.

Me contó que, en una ocasión, regresando de visitar a su abuela Regla con Edelmira y el tío Benjamín, oyeron motores a lo lejos y se escondieron al borde del camino, detrás de unos matorrales. Al poco rato cruzaron por delante de ellos dos camiones muy altos que iban dejando un reguero de sangre en la carretera. Un golpe de viento levantó la lona que cubría a uno de ellos y dejó a la vista decenas de muertos amontonados. Aquella visión se le grabó y permaneció intacta a pesar de los años. Siempre que papá hablaba de la guerra lo hacía con pesar y decía que era la experiencia más dolorosa que había vivido, un mal imposible de olvidar.

III

Florencia o Sancti Spíritus

A los doce años, su padre lo matriculó en la Escuela de Bellas Artes de Oviedo. Aquellos fueron para él tiempos muy felices. Su talento natural para el dibujo quedó patente desde el primer momento. Aprendió a manejar el carboncillo, a encuadrar y a copiar al natural. Se sintió estimulado y apreciado por sus profesores, contento de encontrar compañeros con los que compartía afición. Ganó premios que no se atrevía a recoger solo; tenía que acompañarlo su padre, que se sentía orgulloso y presumía de hijo en el pueblo. Siempre mostraba los dibujos de Pepito a los familiares y amigos que los visitaban. Una vez, papá lo sorprendió sentado en la cama de matrimonio junto a la abuela mirando un dibujo que les había regalado titulado *El ojo de Dios*, en el que había pintado un ojo dentro de un triángulo del que salían rayos de fuego. Lo habían pegado en la puerta del armario, por dentro. Las lágrimas de su padre y el silencio respetuoso de ambos frente al dibujo lo conmovieron tanto que corrió hacia ellos y los abrazó emocionado.

Aquellos años vivió los primeros amoríos, las primeras andanzas con sus colegas de escuela por Oviedo y por las romerías durante los veranos. En estas últimas nació su afición por la música popular asturiana. Disfrutaba de la juventud, pero seguía estudiando y, sobre todo, dibujando. Destacaba tanto que, a los dieciséis años, cuando llevaba ya más de cuatro en la escuela, un profesor le propuso viajar a Florencia a completar su formación. Cuando lo contó en casa, la noticia causó alegría, pero también preocupación, porque la familia no podía afrontar el gasto económico. El profesor se ofreció entonces a costearle el viaje y la matrícula; estaba seguro de que Pepito conseguiría una beca, confiaba plenamente en el talento de su joven alumno.

Por entonces llegó de Cuba el tío Manolín, hermano de Edelmira, que tenía un próspero negocio de tejidos y ropa de caballero en Sancti Spíritus, y comentó que necesitaba a alguien de confianza que se ocupara de las ventas y de los números cuando él tuviera que ausentarse, a veces durante meses. En un viaje anterior, ya se había fijado en Pepito. Había otros sobrinos, pero este tenía buena planta, dibujaba y escribía con arte, era simpático y aprendía rápido. A Benjamín no le gustaba la idea de que su hijo se fuera a Cuba y se sentía mal por no poder proporcionarle el viaje de estudios a Italia, aunque tampoco le agradaba mucho esa opción. Edelmira tampoco deseaba separarse de él, pero lo veía tan ilusionado… El tío Manolín le hablaba de Cuba, del buen clima, de las playas paradisiacas, del dinero que podía ganar si trabajaba duro. Pepito no tenía un plan concreto y le ilusionaba mejorar y ayudar a sus padres. El dibujo era lo suyo, pero también le atraía hacerse a la mar, viajar, ver mundo. Además, en Cuba tenía otro tío y primos de su edad. La familia determinó tomarse algún tiempo antes de decidir. El tío Manolín regresó a Sancti Spíritus y Pepito siguió con los estudios mientras trataba de tomar la decisión más acertada. Por un lado, lamentaba separarse de sus padres, de su hermano, de sus primos y de los amigos de la escuela; tenía mucho apego a su tierra y a los suyos. Y por otro, estaba su sed de aventuras, su deseo de viajar y conocer. Finalmente, el joven y prometedor artista decidió hacer las Américas.

Así fue como, año y medio después, el 19 de marzo de 1949, embarcó en el puerto de Gijón rumbo a La Habana. Su padre no pudo ver la salida del barco; se le llenaron los ojos de lágrimas, se alejó del muelle cuanto pudo y esperó a la abuela y al tío fumando y caminando, roto de tristeza. Papá nos contó que, cuando la nave comenzó a alejarse y vio la figura de su madre y su hermano abrazados entre la gente diciéndole adiós, sintió una punzada de dolor y los quiso más que nunca. En aquel instante comprendió que estaba dejando atrás todo lo que había sido su vida, que no tenía ni idea de lo que le depararía el futuro y que estaba solo por primera vez. ¿Cuánto tiempo pasaría antes de poder regresar y volver a abrazarlos a todos?

IV
Libertad y nostalgia

La travesía empezó mal. Pepe se pasó mareado y con náuseas los primeros días. Como casi no comía, adelgazó mucho. También le costaba conciliar el sueño; solo le aliviaba subir a cubierta y sentir el aire fresco en la cara. Nunca había visto el mar en toda su inmensidad y estaba fascinado, se pasaba horas observando cómo la proa iba cortando la superficie del agua, escuchando el ruido que hacían las olas al chocar con las amuras. Pensaba en su familia, sobre todo cuando se sentaba a la mesa y contemplaba los cestillos llenos de pan blanco. En esos momentos recordaba el hambre, los tiempos duros, la necesidad… y tenía que hacer verdaderos esfuerzos por no llorar.

Allí todo el mundo se comportaba como si los males del mundo no existieran ni hubieran existido jamás; todo era pasear, conversar o descansar al sol durante el día y cantar y bailar por las noches. Pronto se hizo amigo de un chico algo mayor que él que era de Avilés; tocaba la guitarra y cantaba muy bien. Como a él también le gustaba cantar, se ofreció a acompañarlo y a pasar la gorra después de cada interpretación por si había suerte. ¡Y vaya si la hubo! Enseguida se hicieron famosos y hasta cenaron una noche en la mesa del capitán.

Poco a poco, la vida a bordo comenzó a transformarse en una experiencia seductora. Aquella comunidad flotante fue el mundo para él durante los casi cuarenta días que duró el viaje. Se hizo amigo de un matrimonio mexicano y llegaron a tomarle tanto aprecio que le propusieron viajar con ellos a Guadalajara y quedarse a trabajar y vivir allí; también Casildo, el guitarrista de Avilés, trató de convencerlo para que se quedara con él en Venezuela. Pero Pepe tenía otros planes y se mantuvo fiel a ellos.

Cuando pasados unos días el barco atravesó la bahía habanera, su pensamiento voló a su casa, a los suyos. Cómo le hubiera gustado que pudieran ver lo que él estaba contemplando en aquel momento, aquella ciudad blanca brillando bajo el sol y aquel cielo sin una sola nube. Nada más bajar a tierra, Manolín salió a su encuentro, se abrazaron y, después de preguntarle por toda la familia, le propuso dar un paseo y comer algo típico antes de marchar para Sancti Spíritus. Pepe dejó la maleta en el portaequipajes del coche del tío y fueron caminando hasta un local céntrico. Una vez allí, Manolo pidió para el sobrino ropa vieja con arroz y frijoles negros, un plato tradicional cubano que creyó que le gustaría, pero Pepe no pudo comer la carne de lo raros que le parecieron aquellos «hilos» y se conformó con un poco de arroz blanco y unos frijoles. De La Habana a Sancti Spíritus había un buen trecho, así que cuando llegaron ya había anochecido. El tío le enseñó sin mucho detalle la tienda y la trastienda, donde estaba su cuarto. Sus compañeros de habitación habían salido porque era sábado. En la pieza había tres colchones en el suelo cubiertos con sábanas y dos armarios grandes, también una cómoda con algunos cajones vacíos para que colocara sus cosas y un baño con un retrete y una ducha al final del pasillo. Estaba tan agotado que se recostó un momento en el colchón que le habían asignado y se quedó profundamente dormido. El tío apagó la luz y lo dejó descansar.

Al día siguiente, Manolo fue a despertarlo a media mañana. Los otros compañeros aún dormían. Esperó a que se duchase y lo llevó a conocer al tío Laureano, el hermano con quien había trabajado algunos años; a su esposa, Aída, y a sus cuatro primos, dos chicos y dos chicas. Simpatizaron enseguida y se sintió como en casa, a pesar de que todo era bastante extraño para él. El calor era tal que la ropa se quedaba pegada al cuerpo y solo mirar aquella boina negra hacía sudar. Los primos le dejaron alguna camisa más fresca y el tío Laureano, que también tenía un comercio de tejidos, le regaló dos pantalones blancos que le parecieron el colmo de la elegancia; nunca había visto ropa tan bonita.

—Con uno me vale, tío —dijo, abrumado, devolviéndole uno de los dos.

—Agárralos, Pepito —le aconsejó el tío—, aquí hay que lavar mucho la ropa, no es como en el pueblo, ¡y quítate esa boina, muchacho!

Al día siguiente, Manolo le enseñó lo más básico y empezó a trabajar. Como dormía allí mismo, igual que José

María y Ángel, los otros dos empleados, nada más ducharse y vestirse salía a despachar al mostrador. A media mañana se tomaba un café y a la hora de comer se iba a casa del tío Laureano. Así todos los días. Algunos domingos, Aída les preparaba algo de comer y, junto con los primos, tomaba la guagua[11] y se iban a la playa. La arena blanca y finísima en la que se hundían los pies hasta los tobillos, las altas y cimbreantes palmas de ramas enormes, el agua transparente y cálida, todos aquellos colores brillando bajo el sol… Sintió que estaba en el paraíso. El tío le había dicho la verdad. Uno de esos domingos, alquilaron una lancha para visitar un islote que los primos conocían. Remaron por turnos durante casi dos horas y por fin arribaron a tierra. Pasaron la mañana bañándose, tomando el sol, comiendo bocadillos, bebiendo cerveza y haciendo planes para la tarde. Cuando se cansaron y decidieron volver, al rato de estar remando, aparecieron en el agua dos tiburones no muy grandes. Era la primera vez que Pepe veía a esos animales y del susto no le llegaba la camisa al cuerpo. Sus primos lo tranquilizaron diciéndole que solo se acercaban a curiosear y que se irían pronto, pero él, que no apartaba los ojos del agua, no respiró tranquilo hasta que pisó tierra firme. El sol le había causado tales quemaduras en las piernas y los hombros que estuvo tirado en su colchón, sin poder vestirse, durante dos días. Los compañeros le ponían paños mojados en leche para sacarle el calor del cuerpo y el tío lo animaba diciéndole que

[11] *Guagua*: autobús.

podría haber sido mucho peor, pero él se sentía como un auténtico novato.

Poco a poco fue aprendiendo a manejar el negocio. Manolo lo mantenía siempre ocupado en algo: dibujaba los letreros que anunciaban la mercancía; ponía las etiquetas con los precios; montaba y decoraba los escaparates; cortaba los paños de los trajes o las telas de los vestidos que despachaba, y apuntaba tanto las ventas como los pedidos que llegaban en el libro de contabilidad, con aquella letra suya que parecía impresa.

Pero, a pesar de todo lo nuevo de aquel país que lo tenía enamorado, echaba de menos a los suyos y pensaba en ellos todos los días. Así que, en cuanto pudo, compró una caja de pinturas y dibujó en las paredes de su cuarto los rostros de sus padres, el de su hermano y el de la Virgen María Auxiliadora, de quien se había hecho devoto gracias a la tía Aída, para verlos cada mañana al despertar y cada noche antes de dormir y así no sentirse tan solo. Manolo descubrió los dibujos y se los enseñaba a todo el mundo, presumiendo de sobrino talentoso.

Con el paso del tiempo quiso ampliar su formación. Tuvo noticia de unos cursos nocturnos de contabilidad que se impartían en la escuela de comercio y habló con el tío de la posibilidad de asistir después del trabajo tres veces por semana. Pero este, temiendo que el estudio lo cansara más de lo debido y que su rendimiento en la tienda no fuera el mismo, le iba dando largas alegando que los cursos eran caros o que él ya sabía lo suficiente. Pepe aceptaba con resignación la negativa y ya había desistido de estudiar cuando, de forma anónima, alguien, tal vez algún amigo de su tío que lo conocía de la tienda, le pagó la matrícula y el primer año entero, de modo que al final pudo asistir. Allí conoció a Fermín, asturiano como él, de Gijón, y a Celedonio, a quien todos llamaban cariñosamente Lin, un chico natural de Sobarzo, en Cantabria. Ellos fueron sus primeros amigos en Cuba y él mantuvo esa amistad con ellos toda la vida. Los años pasaron y, de uno de sus viajes a España, Manolo regresó casado con Ermelinda, una mujer mucho más joven que él. Desde que llegó, Pepito sintió que ella lo consideraba un rival en el negocio. Como el tío no parecía darse cuenta de la situación y él no quiso disgustarlo, no le dijo nada, pero decidió que había llegado el momento de buscar su propio camino. Habló con el tío para comunicarle sus planes y este hizo todo lo posible por retenerlo, pero no había nada que hacer. A partir de ese momento, Manolo tuvo que arreglárselas sin él.

V

Un encuentro inesperado

Manolo llevaba muchos años al frente de la tienda, sabía que los proveedores apreciaban a Pepe y que, si este decidía dedicarse a lo mismo, sería una fuerte competencia para él; no solo porque conocía el trabajo a la perfección, sino porque además era joven, bien parecido, simpático y con un carisma extraordinario. Ellos lo tranquilizaron diciéndole que había mercado suficiente para todos, pero, temerosos de disgustarlo y perderlo como cliente, apenas suministraban mercancía al sobrino.

Fue entonces cuando Pepe decidió no depender de los proveedores que ya conocía y buscar otros, hacerse viajante y recorrer la isla por su cuenta vendiendo a las tiendas de los pueblos y las ciudades más importantes. Tuvo presentes los consejos que le había dado el tío Manolo: «Trata de superarte, cumple siempre con tu deber, no seas guataca[12] y no

---

[12] *Guataca*: pelota, adulador.

pierdas nunca la esperanza de establecerte por tu cuenta». Se compró un coche de segunda mano con parte de sus ahorros y uno de sus primos le enseñó a conducir en una tarde. A las dos semanas de prácticas consiguió el carnet gracias a otro buen pellizco de su bolsa. Acompañado de Fermín viajó a Cienfuegos, donde este tenía un conocido que llevaba un almacén de ropa de caballero. Pepe consiguió que le entregara muestrarios de pantalones, camisas y guayaberas[13] para empezar. Le pidió que le facilitara algún traje para ponérselo durante las visitas a los clientes y lo convenció de que la mejor demostración de la excelencia de sus muestrarios era hacer de percha de la mercancía. No se equivocaba. Algunas de esas prendas aparecieron en las maletas que abrimos muchos años después en Madrid: prendas de algodón y lino, de colores claros y tejidos frescos, ropa de los trópicos que todavía conservaba el olor a cuero y a humedad, doblada y aplastada por el peso del tiempo, cuyos pliegues habían dibujado líneas imposibles de borrar con los planchados, como cicatrices. A mis hermanas y a mí nos encantaba usarla precisamente por eso.

Poco a poco se fue haciendo con una clientela. Durante sus viajes por la isla, conoció a otros colegas de profesión con los que coincidía en hoteles y pensiones, hizo muchos amigos y empezó a ganar dinero, aunque no conseguía ahorrar mucho. Junto con Fermín, siempre que este podía, recorría las Villas, Santa Clara, Trinidad, Holguín, Ciego de Ávila y otras

[13] *Guayabera*: camisa de cuatro bolsillos que se usa en los trópicos, normalmente de manga corta.

localidades del interior y de la costa de Cuba, visitando a los clientes conocidos y buscando otros nuevos, atento a lo que veía, disfrutando del trabajo y de la libertad. Se sentía feliz conduciendo por aquellas carreteras bordeadas de árboles. Muchas veces durante sus viajes, lo sorprendieron fenómenos increíbles, como le ocurrió en una ocasión cuando divisó a lo lejos una enorme mancha naranja que, según se iba acercando, parecía moverse. Resultó ser una masa de cangrejos que cruzaba la carretera camino del mar y que en pocos minutos rodeó su coche. Allí se quedó, asombrado ante el insólito espectáculo, esperando a que terminaran de pasar para seguir su camino y rezando por que aquellas pinzas no atravesaran la goma de los neumáticos. Siempre hablaba con emoción de los atardeceres y las noches de Cuba; de los cielos anaranjados o violetas donde iban apareciendo las estrellas hasta llenarlos por completo; de la luna, que iluminaba tanto que creaba sombras como si fuera de día. Otro fenómeno que lo maravillaba eran los aguaceros de verano. Me contó que cuando cesaba la lluvia parecía que cada gota de agua tenía un diminuto sol dentro y, como las había por todas partes, en aquellos momentos «el mundo parecía de cristal». Estoy segura de que esos años viajando por la isla fueron de los más plenos de su vida y de que atesoró experiencias que lo ayudaron en los momentos duros, cuando la memoria, si tenemos la suerte de conservarla, juega un papel crucial, porque nos recuerda que los males de este mundo pasan, que lo bueno que vivimos sucedió y que nos acompaña siempre.

Aunque el tiempo parecía volar y casi no notaba el paso de los años, lo cierto es que se fue cansando de vivir en hoteles y andar siempre de acá para allá. A veces echaba de menos una vida más tranquila y ordenada, como la que había tenido con el tío. Una noche, cenando con otros viajantes en Santa Clara, un colega comentó, por si a alguno pudiera interesarle, que una conocida tienda de ropa de La Habana, donde trabajaba de encargado un buen amigo, estaba buscando a alguien para atender en el mostrador y viajar también de forma ocasional. Pepe sintió como si le hubieran leído el pensamiento. Apuntó el nombre y la dirección del establecimiento y decidió probar suerte. Su colega se comprometió a hablarle de él al encargado. Fermín se ofreció a acompañarlo; llevaba algunos meses trabajando en la capital y conocía bien la ciudad. A las pocas semanas, Pepe se presentó en La Habana. Su amigo lo esperaba cerca del Capitolio y fueron directamente a la dirección que llevaba anotada para saber si el puesto seguía vacante. Una vez allí, preguntaron por el encargado, que se llamaba Genaro, y después de las presentaciones este le dijo que sabía quién era y que tenía muy buenas referencias de él.

«Mira —le dijo—, tú ya trabajaste en esto y sabes qué es lo que yo necesito. Pero mejor ven por la tarde y te explico, así te enseño la tienda y te presento a tus compañeros, porque ahora cerramos para almorzar».

Al salir comentaron la buena impresión que les había causado Genaro. En una pensión cercana, Pepe alquiló una habitación y pagó un mes por adelantado. Después dejaron la maleta y bajaron a comer allí mismo para ir familiarizándose con el barrio. Fermín estaba muy contento de tener a su amigo cerca. Lo más importante ahora era que encajase bien en el nuevo trabajo. Después del café se separaron y Pepe regresó a la tienda a terminar lo que había dejado a medias. Genaro lo estaba esperando; le enseñó el local y le presentó a Antonio y a Félix, sus compañeros. Todo lo que tenía que hacer era atender con simpatía a la gente para que volviese, porque había una gran competencia en el sector y fidelizar a los clientes era esencial. También tendría que hacer algún viaje ocasional a Pinar del Río o a Matanzas y, con el tiempo, ya se vería si se encargaba de algo más. El sueldo le pareció bien y quedó en empezar a la mañana siguiente. Era el año 1957. Tenía veintiséis años.

Le gustaba almorzar en la pensión o en casas de comidas céntricas, solo o con alguno de los compañeros. Muchas veces también se apuntaba Genaro. Eso le llamaba mucho la atención y le gustaba de Cuba, que la relación entre empleados y jefes fuera tan natural y cercana. Cada uno ocupaba su lugar en el trabajo, pero a la hora del almuerzo o de los tragos[14] eran todos iguales, cosa que no sucedía en España. Los fines de semana, con Fermín y otros amigos, frecuentaba también el Centro Asturiano, que solía organizar recitales de música tradicional y donde actuaban artistas que admiraba mucho, como el Presi. Una noche, saliendo de un recital de ese cantante, que era muy apreciado en Cuba, mientras bajaban por una de las escalinatas que a derecha e izquierda flanqueaban la entrada a la planta superior, Fermín le dijo que le iba a presentar a una amiga

[14] *Tragos*: copas. «Salir a tomar unos tragos» equivale a «salir de copas» en España.

muy guapa; acababa de verla con sus amigas descendiendo por la otra escalera. Si aceleraban un poco el paso, podían esperarlas abajo. Las chicas iban hablando muy animadas: el Presi había conseguido emocionarlas. Fermín tomó la iniciativa y, cuando se encontraron, les presentó a su amigo, asturiano como él y como el cantante que acababan de escuchar. Ellas dijeron sus nombres y le preguntaron a Pepe en tono jocoso si sabía cantar asturianadas;[15] él contestó, sin apartar los ojos de Inés, que no era tan bueno como el Presi, pero que se sabía muchas y se las cantaba cuando quisieran. Ellas se rieron. Luego se despidieron y cada cual siguió su camino.

Pepe parecía tocado por un rayo y se pasó el resto de la noche más callado de lo normal. Fumaba por fumar, bebía por beber y se reía sin gana. Fermín lo notó y le preguntó qué le pasaba. Él contestó que nada, pero le estaba pasando todo. Cuando por fin se encontró solo en su habitación, se asomó a la ventana, cerró los ojos y aspiró el aire fresco de la madrugada. Tenía grabado en la mente el rostro de Inés, su pelo negro, el azul violeta de sus ojos, su forma dulce de sonreír. No recordaba que ella hubiera dicho una palabra; en cambio, lo que había dicho él le parecían tonterías. Pensó que ella no recordaría nada y que estaría durmiendo tranquila desde hacía horas. Se preguntó si tendría novio y se dijo que cómo no iba a tenerlo una mujer tan guapa. Pero luego pensó también que estaba con unas amigas; a lo mejor no tenía y entonces… Vestido y agotado, se dejó caer sobre la

[15] *Asturianada*: canción típica asturiana cercana al género lírico.

cama y se quedó dormido. Horas después, nada más abrir los ojos, lo primero que le vino a la cabeza fue la imagen de Inés y los cerró otra vez para no perderla. Pensó que todo lo sucedido la noche anterior había sido como vivir un sueño y lo último que quería ahora era dejarlo escapar.

AMAR

I

Lo sé desde que te vi

La tienda donde trabajaba Pepe en La Habana cuando no estaba viajando quedaba a pocas cuadras[16] de El León de Oro y ese lugar por el que había pasado tantas veces de pronto se había hecho visible para él. No podía olvidar el momento en que tuvo a Inés delante, al pie de la escalinata del Centro Asturiano. No conseguía dejar de pensar en ella. Como Fermín le había contado que la familia vivía en los altos del negocio, tomó por costumbre, antes de entrar a trabajar, esperarla en la acera de enfrente de la panadería. Igual que había hecho su padre años atrás delante de la casa de Edelmira. En el momento en que la veía salir con los cuadernos bajo el brazo, corría a su lado para acompañarla un trecho. Inés era maestra de primaria en el Plantel Jovellanos, una escuela que pertenecía al Centro Asturiano. Cada mañana, cuando lo veía esperándola, pensaba que era

[16] *Cuadras*: espacio lineal entre las esquinas de una calle.

un poco pesado, pero también le parecía muy guapo y, aunque no acababa de estar segura de lo que sentía, la conmovía su perseverancia. Así día tras día, semana tras semana, hablando de cualquier cosa hasta que tenían que separarse. Luego él la veía alejarse y daba la vuelta para no llegar tarde al trabajo.

Ya no le apetecía viajar tanto como antes, aunque lo seguía haciendo a Camagüey, Pinar del Río o Matanzas, pero el trabajo estaba tomando un cariz distinto. Ahora lo más importante era regresar, porque necesitaba sentir que Inés estaba cerca de él físicamente. Se encontraba raro, descentrado. A veces, cuando los clientes le preguntaban algo, se sorprendía con la mirada perdida en un punto de la pared o más allá de la puerta y tenían que repetirle la consulta.

Una tarde, después de haber cerrado la tienda, se despidió de los compañeros y se acercó a la panadería. Necesitaba verla. Despachando en la barra estaba solo el hermano mayor, porque los padres se encontraban de viaje por España. Santi le dijo que Inés estaba arriba. Pepe le preguntó si podían avisarla para que bajara un momento, porque tenía que decirle algo importante. Manuel, que estaba apoyado en la barra con un libro entre las manos, pero había escuchado la conversación, subió a avisar a su hermana. Al poco rato bajó Inés y vio a Pepe en la acera con aquella sonrisa franca que la hacía sonreír a ella también, mirándola de ese modo, con los ojos entrecerrados... Se acercó despacio a él y juntos caminaron hasta la esquina. Santiaguito, con un gesto de la cabeza, le indicó a Manuel que fuese con ellos.

Este accedió con desgana; no le gustaba hacer de chaperón,[17] pero Inés no salía sola con ningún joven si no iba acompañada de alguno de sus hermanos por orden expresa de don Santiago. Todos lo sabían y lo aceptaban con resignación, ya era una costumbre. Cuando se encontraron por fin cara a cara, ella le dijo:

—Bueno..., ¿qué es eso tan importante?

—¿No lo sabes? —dijo él bajando la voz y mirando de reojo a Manuel, que los observaba apoyado en la pared unos metros más allá—. Que no te me vas del pensamiento, Inés, y esto no me había pasado nunca.

—Y... ¿qué más? —contestó ella riendo—. Porque eso ya me lo dijiste antes.

Él miró al suelo un momento y, al volver a clavarle los ojos, le soltó en voz baja:

—¿Quieres ser mi novia?... No me contestes si no es que sí, por favor, porque si me dices otra cosa que no sea que sí...

—¿Qué tú harías? —le preguntó ella, inclinando un poco la cabeza.

—No lo sé —le contestó él—. Echaría a andar hasta el mar y luego no pararía...

—Tú estás loco —le reprochó riendo.

—Sí, loco por ti —respondió él—. ¿Qué me contestas?

Ella sonrió y le dijo que tenía que pensarlo. Él insistió en su petición y le explicó que se sentía enfermo, que no te-

[17] *Chaperón*: carabina, persona que acompaña a las parejas para evitar que estén a solas.

nía ganas de hacer nada que no fuera estar con ella a todas horas y que no podía entender cómo era posible que no le estuviera pasando lo mismo...

—¿Puedes esperar hasta mañana? —le preguntó Inés, divertida.

—¿A qué hora? —le dijo él—, te recuerdo que es domingo.

—Después de la misa tengo que ayudar en el mostrador —dijo ella— y por la tarde...

—¿Por la tarde?... ¿Quieres que espere todo el día?

—Es que yo no he tenido nunca novio. Amigos sí, pero novio... Tengo que pensarlo.

—Bueno —respondió, resignado—. ¿A qué iglesia vas?

—A esa —dijo y señaló con la mano la de María Auxiliadora.

—Igual que yo —contestó él, visiblemente complacido—. ¿No ves que es una señal?...

—¿Una señal? —preguntó ella.

—Del destino —añadió Pepe, risueño—. Aunque... me salto algún domingo...

—Yo también —dijo ella, siguiéndole el juego, divertida—, alguno que otro...

Y se echaron a reír bajo la mirada de Manuel, intrigado por tanta risa.

—Pero mañana no me la voy a saltar —añadió ella sin dejar de mirarlo.

—Yo tampoco —contestó él rápido—. Ella me va a ayudar a convencerte.

—¿De qué cosa? —le interrogó, coqueta.

—De que tú y yo estamos hechos el uno para el otro —respondió Pepe.

—Y eso tú... ¿desde cuándo lo sabes? —indagó ella, ladeando la cabeza.

—Desde el momento en que te tuve delante —le confesó, rotundo.

Inés notó un hormigueo en las tripas que la dejó como paralizada durante unos instantes, pero alcanzó a decirle:

—Hasta mañana.

Luego cogió a su hermano del brazo y, desde el umbral de la panadería, echó la vista atrás un momento y lo vio ahí, en la acera, mirándola, diciéndole adiós con la mano y tirándole un beso al aire. Otra vez esas cosquillas. Mientras subía las escaleras, sintió algo muy dulce que parecía encenderla por dentro. Al llegar arriba, corrió a asomarse al balcón y lo vio alejarse caminando hacia atrás. Al verla, le lanzó otro beso. ¿Qué estaba pasando?... Durante el tiempo que permaneció en el balcón, él no desapareció de su vista; ya no podía distinguirlo con claridad, pero ahí estaba. Esa costumbre, la de ser el último en darse la vuelta en las despedidas, la mantendría Pepe toda la vida. Algo aturdida, entró en su habitación y se sentó en la cama... «¿Será esto amor? ¿Cómo puede estar él tan seguro? ¿No va todo muy rápido?». Con esos pensamientos dándole vueltas en la cabeza, se asomó de nuevo a la ventana y miró el pedazo de calle donde acababan de estar hablando hacía solo un momento. En aquel instante, le pareció un lugar distinto al que había pisado tantas veces. Sintió que le gustaba la cercanía de Pepe; le agradaba su olor y la forma en que la miraba, hacía que se sintiera hermosa, deseada. Se le ocurrió bajar a la calle y volver al lugar donde acababan de estar para comprobar si ese olor seguía allí, y, algo atolondrada, lo hizo. Pero, aunque se colocó en el lugar exacto y cerró los ojos para concentrarse mejor, no percibió nada. Manuel, que había salido tras ella y la estaba observando, le preguntó:

—¿Qué haces?

—Nada —contestó, algo azorada—, se me perdió una cosa...

—¿El qué? —dijo él, aproximándose y mirando al suelo.

—Nada, chico —respondió ella, algo impaciente.

—¿Se te perdió el galleguito?[18] —le soltó Manuel con guasa.

—Mira que tú eres bobo —le dijo Inés—. ¿No estabas estudiando?

—Vamos al malecón —le propuso su hermano—, ya me cansé de leer...

—Okey —contestó Inés, aliviada—. Un ratico, vamos.

Durante ese paseo ella no abrió la boca, andaba como ensimismada y con una expresión ausente; estaba sin estar. Años después, su hermano le recordaría en una carta lo raro que se había sentido aquella tarde con ella... «Hasta te di un codazo a ver si reaccionabas, pero tú no te enterabas de nada. —Y añadió en esa misiva—: Cuando te preguntaba qué te pasaba, levantabas los hombros y decías: "No sé"».

---

[18] *Gallego*: en Cuba, persona de origen español. La afluencia de gallegos fue tan importante durante el siglo XIX y principios del XX que en la isla llamaban así a los emigrantes procedentes de España. Aún hoy se utiliza ese término.

II

Déjame quererte

Pepe se olvidó de preguntarle a Inés a qué hora acostumbraba a ir a misa, así que llegó a la iglesia a las nueve de la mañana, cuando empezaba la primera, y se arrodilló en uno de los bancos de atrás. Había poca gente y comprobó de un vistazo que ella no estaba. Aun así, esperó un poco por si llegaba con retraso. Pasado un rato salió a la calle, necesitaba tomar un café. Tenía dos horas hasta la siguiente misa. Se había puesto su mejor traje, quería que lo viese guapo.

El sol otoñal calentaba tímido las calles de la ciudad. Entró en un local cerca de la iglesia. Estaba hambriento, así que pidió unos huevos con beicon y café, lo que más le gustaba. Pero no le entraba la comida en el cuerpo, era como si estuviera lleno de Inés y no hubiera sitio para nada más. Apuró el café de un trago, revolvió el plato para que pareciera que había comido algo, pagó y salió a la calle, el único lugar donde se encontraba bien... ¡Qué despacio pasaba el tiempo! Miraba el reloj a cada momento y se lo acercaba al oído para asegurarse de que no se había parado. Paseaba sin rumbo, aunque no se alejaba demasiado. Encendía un cigarrillo tras otro, sentía a veces el impulso de ir a la iglesia y sentarse al fondo a esperar a que ella llegara, pero pensó que eso sería peor. Caminando calle arriba, llegó al jardín de la parroquia del Cristo y le pareció verlo por primera vez. Se quedó mirando el muro cubierto de hiedra y las palmas que adornaban la entrada; después atravesó la verja de hierro. Se sentó en un murete de piedra y fantaseó con la idea de que, si Inés lo aceptaba, sería allí donde le pediría que se casara con él. Imaginó la escena, ella con aquel vestido blanco con lunares negros que llevaba la noche que la conoció y él mirándola de frente, a esa hora añil de la tarde en que aparecen las primeras estrellas, pronunciando las palabras de amor más dulces, las más sinceras, las que brotarían solas en cuanto tomase sus manos. Se imaginó besándola como había soñado tantas veces y se rio de su ocurrencia. Sabía que tenía que aflojar la presión, pero no se arrepentía de nada. Sus amigos le decían que se estaba chiflando, que no se dejara pescar aún, que disfrutara de la vida, pero a él estas frases le sonaban huecas. ¿Acaso no se sentía más vivo que nunca?... En cuanto la veía, lo único que quería era escucharla reír y hablar, no se cansaba de mirarla y todo lo que veía le parecía perfecto. Pensó en lo feliz que le haría escribir a su madre dándole la noticia, cómo le gustaría esta mujer que además era hija de asturianos, seguro que se encariñaba con ella enseguida, y su padre... ¡no podría soñar con una nuera mejor! Las campanas de María Auxiliadora sonaron entonces convocando a misa. Eran las once y presintió que muy pronto estaría cerca de ella.

Cuando llegó, el templo estaba lleno de mujeres endomingadas, hombres de guayabera y niños enredando entre los bancos con los misales y los bolsos de sus madres. La ceremonia había comenzado hacía unos minutos. La buscó en las primeras filas, pero no la vio. Se fijó mejor. Nada. Un momento antes de la lectura del evangelio, un rostro se giró durante unos segundos y entonces la distinguió. Inés llevaba la cabeza cubierta con un velo blanco de encaje que la hacía parecer aún más hermosa. Esa visión le impresionó tanto que la pintaría algún tiempo después y la pondría en su habitación, en la puerta interior del armario, igual que hizo su padre con aquel dibujo, *El ojo de Dios*, ante el que lo vio llorar emocionado.

Rezó con pasión, necesitaba el milagro. No escuchaba otra cosa que no fueran las plegarias que le brotaban solas y los latidos de su corazón. Estaba seguro de que ella le correspondía, pero siempre quedaba una duda al final. Cuando volvía de comulgar la miró y ella le devolvió la mirada. Él le guiñó un ojo y ella le sonrió sin bajar la cabeza. Su hermano León, que estaba sentado a su lado, le susurró algo al oído y ella le contestó. Luego Pepe siguió la fila y la perdió de vista. La misa llegó a su fin. La gente avanzaba por el pasillo mientras un pequeño coro despedía a los feligreses con un himno. El sol resplandecía en el exterior. Inés se quitó el velo y caminó hacia la panadería. Una vez allí, lo dejó junto al misal debajo del mostrador y empezó a despachar a los clientes que hacían cola para el pan, los dulces, las empanadas, las croquetas, los hojaldres y demás delicias que adornarían las mesas poco tiempo después. Pepe estaba en la calle, fumando y aguardando el momento de acercarse. Mientras la observaba atender sonriente a los parroquianos, una punzada de celos lo puso serio de repente, pero no duró mucho. «Está trabajando», pensó. Cuando se fue el último cliente y aprovechando que Santi estaba hablando con uno de los trabajadores, se aproximó a Inés, que estaba recogiendo sus cosas.

—¿Cómo estás? —le dijo y añadió bajito—: ¡Qué bien te queda ese velo blanco!

Ella miró a Santi y salió a la acera. Sabía que, si se alejaban, alguno de sus hermanos tendría que acompañarla y quería estar a solas con Pepe un momento, comunicarle lo que había decidido sin que nadie más lo oyera, aunque pudieran verlos.

—No dormí mucho —le confesó—, ¿y tú?

—Yo tampoco —contestó él—. Pero no tengo sueño.

—Quiero preguntarte algo —dijo ella.

Él se quedó callado, esperando; la miró a los ojos y...

—¿Has tenido muchas novias? —le espetó ella de repente.

—Alguna... —respondió él, sincerándose, serio—, pero ninguna mujer me ha gustado nunca tanto como tú. Déjame quererte, Inés. Sé que voy a hacerte feliz, tienes que creerme.

—Y yo... ¿Te haré feliz yo? —le dijo ella, seria.

Pepe la miró y sintió el impulso irrefrenable de besarla, pero se limitó a tomarle la mano que tenía libre y que ella no retiró. Luego le dijo con ternura:

—¿Cómo puedes dudarlo? Nunca lo fui tanto. ¿Qué tengo que hacer para que me creas? —añadió en tono de súplica.

—No sé... —dijo ella, levantando los hombros.

—Entonces... ¿probamos? —le preguntó.

—¿Y si no sale bien? —dudó ella.

—Eso es imposible —insistió Pepe sonriendo—. Nadie va a quererte tanto como yo.

—Está bien —dijo ella riendo—. Probemos.

—¿Eso es un sí? —le preguntó, eufórico.

Inés asintió con la cabeza y él, que no le había soltado la mano, se la besó con dulzura.

—Este es el mejor día de mi vida —le dijo visiblemente emocionado—. El mejor de todos.

Santi la llamó para que entrara y se despidieron con desgana porque no querían separarse. Ella se hubiera quedado al calor de aquellas palabras todo el día y él solo deseaba besarla, abrazarla, recorrer la ciudad entera a su lado, acabar juntos frente al mar y volver a empezar al día siguiente.

—Hasta mañana, vida mía —le susurró al oído.

—Hasta mañana, Pepe —respondió ella, turbada, mientras se alejaba.

Y a él le pareció haber oído su nombre por primera vez y la echó de menos en cuanto la perdió de vista.

III

Inesitis

Por la forma en la que se sentía, Pepe pensaba que estaba enfermo y que el único alivio para su mal se llamaba Inés. Pero no era «mal de amores», como le decían sus amigos; en todo caso sería «bien de amores», porque todo era dulce y ligero. No le importaba madrugar, casi no necesitaba comer y conducía ensimismado. Llevaba en la cara una sonrisa permanente que a su amigo Fermín le causaba hilaridad siempre que se veían.

—Hermano, lo que tú tienes parece «inesitis» grave —le dijo en una ocasión.

Pepe, bromeando, le recriminó que él tenía la culpa, porque era quien se la había presentado.

—Esa sí que es buena —le dijo Fermín—, yo la vi primero y resulta que...

—Olvida el tango,[19] hermano —le rebatió Pepe—. Esa mujer solo puede ser para mí.

—Tranquilo, artista —le soltó su amigo—, yo ya tengo a mi Bille y no la dejo por nada.

—¡Me parece que nos pescaron bien pescados! —exclamó Pepe riendo.

Sus vidas cambiaron desde que se hicieron novios. Paseaban por las calles y parques de la ciudad tomados del brazo, cuchicheándose al oído, ante la mirada curiosa de Manuel o de León, que los seguían a pocos metros de distancia. Iban al cine a los programas dobles, donde se sentaban muy juntos y se besaban inspirados por los protagonistas de las películas que veían. Jugaban a vestirse imitando el estilo de sus actores y actrices favoritos. A Pepe le gustaba el de James Dean, y a Inés, el de Elizabeth Taylor, a quien además se parecía. Influida por esa actriz, se aficionó a usar guantes que combinaba con sus vestidos. Algunas noches, solos o con amigos, iban a bailar al Centro Asturiano, porque lo que más le gustaba a Inés, lo que la hacía sentirse más feliz, era bailar. Los zapatos que estaban entonces de moda, estrechos y de punta afilada, le martirizaban los pies, en ocasiones hasta hacerlos sangrar, pero no le importaba. Al llegar a casa se los curaba y vendaba y, durante los días siguientes, seguía con las curas sin decirle nada a nadie. Aguantaba el dolor y sufría, feliz, hasta la siguiente velada. En esas noches de música y baile, se iban de los últimos y, si los pies

[19] *Olvidar el tango*: expresión utilizada en Cuba que significa «Olvida eso».

le dolían mucho, Inés se quitaba los zapatos y caminaba descalza por la acera. Pepe la llevó en brazos muchas veces las últimas calles hasta el portal de su casa, por temor a que se lastimara. Ahí se despedían, arropados por la semioscuridad de las farolas, mientras Manuel o León, bostezando, subían la escalera adelantándose un poco, esperándola, resignados a su papel de celadores al que ya se habían acostumbrado.

Pasadas unas semanas, Pepe habló con Santi para poder visitar a Inés en casa; quería integrarse más en la familia, conocerlos mejor. El hermano mayor, para quien organizar la vigilancia constante de la hermana, además del peso de llevar el negocio, era una tarea que lo estaba sobrepasando, decidió escribir a los padres, que estaban en Asturias desde finales del verano visitando a la familia, y ponerlos al tanto de las novedades. León le advirtió: «Si les escribes, regresan». Pero Santi lo hizo, se sentía enfermo y estaba agotado. En esa carta les contó que Inés tenía novio, les habló de Pepe y de su familia, mencionó Lugones y también al tío Manolo de Sancti Spíritus y la tienda de confección que tenía allí, en la que Pepe había trabajado algunos años.

Cuando Cándida y Santiago recibieron la carta en España, y aprovechando que estaban en Asturias, decidieron conocer a los padres de Pepe. Estos sabían del noviazgo por las cartas del hijo y tenían hasta fotos de la novia. Se desplazaron a Lugones y allí vieron por primera vez el rostro de mi futuro padre en las fotografías que les mostraron Edelmira y Benjamín. Hicieron buenas migas, se agradaron. Por lo que Pepe contaba en las cartas, parecía que estaban muy enamorados y que iban en serio. Ellos se habían hecho ilusiones, Inés les gustaba mucho. Don Santiago esperaba que así fuera, nada lo haría más feliz que saber que su hija era querida y respetada, deseaba verla casada y en una posición honorable. Solo él y Cándida sabían lo mucho que había sufrido él por la situación de Isabel y su preocupación por que pudiera repetirse la historia. Después de la visita a Lugones estaba algo más tranquilo, pero, aun así, decidió regresar a La Habana cuanto antes.

Durante los meses que los padres de Inés habían estado ausentes, y a pesar de la obligada presencia de los hermanos, los novios habían disfrutado de una dulce libertad. Ahora don Santiago los apremiaba: si se querían de verdad, lo mejor era que se casaran cuanto antes. Él ayudaría en todo a la pareja. Los dos respondieron al mandato paterno con docilidad: agradecieron las facilidades y aceptaron el compromiso. Su noviazgo, a partir del regreso de los padres de Inés, se desarrolló en El León de Oro. Allí era donde se veían, aunque nunca a solas. Sin embargo, cada vez que Pepe pasaba por delante del jardín de la iglesia del Cristo, recordaba que aquel fue el lugar donde pensó pedirle a Inés que fuera su esposa, aquella mañana de domingo en la que ella había aceptado ser su novia. No lo pudo olvidar e incluso llegó a contárselo, pero nunca encontró el momento de hacerlo. Sin demora, comenzaron los preparativos de la boda que vivieron ilusionados, dejándose llevar, y también un poco aturdidos por la velocidad de los acontecimientos. Por fin iban a vivir juntos, que era lo que más deseaban. Formarían su propia familia y tomarían las riendas. La ceremonia se fijó para el 22 de junio a las seis y media de la tarde en la iglesia de María Auxiliadora. Corría el año 1958.

IV
Una boda de película

Aquella mañana, nada más abrir los ojos en el que había sido por última vez su dormitorio de soltera, para Inés solo existía el pedazo de calle que separaba su casa de la iglesia de María Auxiliadora. De allí saldría convertida en esposa de Pepe esa misma tarde, con el vestido blanco que colgaba delante de sus ojos en la puerta del armario, todavía envuelto en tul. El mundo y sus promesas de felicidad la aguardaban fuera. Ella, sentada en la cama, con los ojos y los oídos abiertos, repasaba su vida hasta entonces y trataba de imaginar cómo sería después de la ceremonia cuando voces familiares comenzaron a llenar el aire y la sacaron de sus ensoñaciones. Por un momento deseó desaparecer, tomarse más tiempo, no ser quien era, pensar y repetirse las mismas preguntas que se hizo sobre ese mismo lecho meses atrás, aquella inolvidable tarde de sábado. Pero la brisa que entraba por la ventana se llevó las últimas dudas. Atrás quedaban también las discusiones con su madre. Cándida intentó convencerla de que debía recorrer a pie el breve trecho entre su casa y la iglesia para lucir por la calle aquel precioso vestido y abogaba además por una ceremonia discreta, en la que no faltara de nada pero sin ostentación. Ella, en cambio, deseaba llegar en un coche adornado con rosas blancas, ir a la peluquería, hacerse la manicura, maquillarse... Y quería el convite en el Centro Asturiano, que fue el lugar donde ella y Pepe se vieron por primera vez. Deseaba también una sesión de fotos antes y después de la boda, solos y con los invitados, y también música y baile, para no olvidar nunca aquel día.

Saltó de la cama, cogió una toalla limpia y se encaminó al baño para darse una ducha, pero estaba ocupado, así que se sentó en la cocina a esperar y al momento apareció su padre con una bandeja de pastelillos que acababan de salir del horno de la panadería. Inés tomó uno de hojaldre de jamón y queso, su favorito, y lo masticó despacio. Siempre tuvo buen apetito y aquel día se merecía empezar con un desayuno delicioso junto a Santiago, el primer hombre de su vida, el que esa tarde la llevaría al altar.

—¿Cómo te sientes? —preguntó él, mirándola.

—Nerviosa, papá —dijo ella, masticando despacio.

—Bueno, él es lo único que será tuyo siempre —le dijo su padre—. No lo olvides, Ine.

De pequeña me causaban una admiración difícil de describir los recortes del *Diario de la Marina*, el periódico que leían los abuelos, donde aparecía la noticia de la boda de mis padres con fotos de los dos y con textos en los que se los calificaba de «encantadora señorita» y «caballeroso joven», como si fueran actores de cine. A la boda fueron invitadas personalidades de la vida social y política de La Habana, porque El León de Oro era un local muy conocido en la ciudad y gozaba de buena reputación aunque no se anunciara mucho. Años después, durante mi adolescencia, las palabras me parecían algo cursis, pero las imágenes eran bonitas y transportaban al cuento de hadas hecho realidad que debió de ser para ellos aquel día. Luego pasé mucho tiempo sin volver a verlas. Ahora, cuando las contemplo, creo que son espejos y reflejan la alegría y la ilusión del anhelo cumplido. He comprendido lo que debió de significar aquella boda para ellos y para los abuelos, que aparecen en las fotografías sonrientes junto a mis padres, convertidos ya en esposos. Imagino lo mucho que extrañaría papá a los suyos y lo que habrían disfrutado de aquel día Edelmira y Benjamín. En representación de su familia asistieron el tío Manolo y su esposa, que fueron padrinos y testigos, y también el tío Laureano, la tía Aída y los primos, que por entonces habían dejado Sancti Spíritus y vivían en Pinar del Río, a donde se había trasladado la familia.

Pasaron la noche de bodas en el hotel Saratoga, un clásico de La Habana Vieja, y al día siguiente salieron hacia Varadero, playa que mamá veía por primera vez y que le pareció un lugar de ensueño. No estuvieron muchos días, pero fueron inolvidables. Durante los atardeceres, se quedaban abrazados en la arena contemplando el momento en que el sol desaparecía por el horizonte y se dejaban envolver por las sombras y el frescor de la noche. Pepe le enseñó los alrededores; visitaron Cárdenas y las playas más bonitas, lugares que él conocía por su trabajo. A veces juntaban las manos, se miraban las alianzas, esas que ya los acompañarían siempre, y volvían a prometerse amor a pesar de los pesares de la vida. Se querían con pasión, se miraban con dulzura, todas las palabras eran suaves y acariciaban igual que las manos.

Estoy segura de que Cándida y Santiago echarían de menos a su hija la mañana siguiente a la boda... ¿Cómo pensaría en ella cada uno de los dos? Inés siempre hablaba con cariño y admiración de su padre; se había sentido querida por él, recordaba con ternura cuando le daba caprichos a escondidas de la madre para verla contenta, decía que había sido bueno con ella. A pesar de que no conversaban mucho, porque él no era muy amigo de hablar, las palabras que le dirigió se le grabaron y ella se las repetía para no olvidarlas. De esas palabras y esa complicidad nació, quiero pensar, su dulzura, su forma tierna de mirarnos a mis hermanas y a mí, su respeto hacia nuestras decisiones, aunque no siempre le gustaran ni las comprendiera. A Cándida le tocó un papel más ingrato y fue muy dura con ella. El miedo que albergaba el abuelo a que se repitiera en su hija la historia de Isabel lo llevó a custodiarla con celo y su madre fue la encargada de vigilarla. Inés vivió esa sobreprotección como algo asfixiante, doloroso e injusto. Era un tema del que no pudo hablar hasta mucho tiempo después. Sin embargo, heredó algunos rasgos de la forma de ser de Cándida; como ella, no se andaba por las ramas cuando quería decir algo y era una persona práctica, poco inclinada a sentimentalismos, que sabía lo que debía hacer y lo hacía. Inés era, además, sensible a la belleza y al arte, algo que no pudo cultivar todo lo que le hubiera gustado, pero que la ayudó a vivir y la mantuvo unida a Pepe toda su vida.

Cuando regresaron de la luna de miel, se instalaron en su nuevo piso, que no estaba lejos de El León de Oro. Inés retomó las clases y Pepe su trabajo. Por las tardes, siempre que podían, daban un paseo por el malecón y luego preparaban juntos la cena. Casi todos los domingos, iban a comer a la panadería. En una de esas reuniones familiares, se enteraron de que el tío Santi se había comprometido con Mary, doce años más joven que él. Esta tía me contó una vez que, desde siempre, le había gustado mi tío. Su familia vivía muy cerca de El León de Oro y, cuando iba allí con sus padres los domingos a comprar dulces, ella solía decirles que ojalá los atendiera Santiaguito. Mary tenía entonces siete años. Así que, cuando empezaron a salir una década después, fue algo natural que a nadie le extrañó, porque literalmente se conocían de toda la vida.

Como habían recibido tantos regalos de boda que no les cabían en el piso, muchos estaban aún sin abrir en la panadería. Así que Inés pasó con Cándida tardes enteras abriéndolos y pensando en qué hacer con ellos. Algunos se quedaron allí y otros se los ofreció a sus amigas, a las que quería y necesitaba como a las hermanas que no tuvo. Con ellas compartió secretos que jamás reveló a nadie. Siempre me hablaba con especial cariño de Berta, hija de la cocinera de El León. Se conocían desde niñas porque se habían criado juntas y eso las convirtió en cómplices de confidencias y travesuras, a veces también con los dos hermanos pequeños, Manuel y León. Luego, cuando empezó su carrera de maestra en la Escuela Normal de La Habana, conoció a Teresa, compañera de estudios y después también colega de trabajo en el Plantel Jovellanos. Su amiga del alma. Recuerdo haber oído hablar también de Nena o de Hilda, a las que llegué a conocer en Nueva York. Sé que se escribieron durante años, pero, después del triunfo de la Revolución, la mayoría de ellas se exiliaron a Estados Unidos y poco a poco el contacto se fue perdiendo por las exigencias de la vida y el trabajo. Casi todas esas cartas se han extraviado y las pocas que han llegado a mis manos revelan cariño y tristeza por la separación forzosa. Cada vez se contaban menos; les pasaban tantas cosas que no sabían por dónde empezar y no tenían tiempo de entrar en detalles. Los últimos años solo se enviaban felicitaciones en Navidad. Otra buena amiga, Beba, también vino a España; para mi abuela era como una sobrina, la conocía desde niña porque su padre trabajaba en Sarrá y había sido íntimo amigo del abuelo.

Cuando Inés hablaba de su ciudad, lo hacía con nostalgia por la vida que recordaba y también con dolor por todo lo que pudo haber sido y nunca llegó a ser. Su felicidad había sido real, pero había durado demasiado poco. Para ella, La Habana era una amalgama de contrastes, hablaba de ella con pasión, idealizándola un poco, pero lo hacía de forma muy sincera. Le fascinaba la algarabía de los niños bañándose en las pozas del malecón, saltando, gritando y salpicando a los paseantes; la elegancia de los vestidos que lucían las extranjeras y que memorizaba, dibujaba, cortaba y confeccionaba luego para ella; los carros cargados de fruta que cruzaban las calles por la mañana cantando su mercancía a voz en grito; la música que sonaba en los mejores locales de la ciudad y que tanto le gustaba bailar; la brisa del mar refrescando las calles al amanecer; los graznidos de las gaviotas sobre el malecón y la luz cegadora del sol envolviéndolo todo.

V
La Revolución del 58

Mientras se gestaban los cambios que volverían su mundo del revés y que se materializaron la noche del 31 de diciembre de 1958 con la salida de Cuba de Fulgencio Batista y la llegada al poder de Fidel Castro, Inés y Pepe trabajaban y vivían su día a día como dos enamorados: caminaban por encima del suelo y, cuando estaban separados, sufrían dulcemente. Para aliviar esos momentos de obligada ausencia, se dejaban mensajes escritos encima de la almohada, en la nevera, dentro de los zapatos o en lugares donde sabían que el otro los encontraría. Palabras de amor para consolar, alegrar, acompañar o ilusionar: la descripción de algo delicioso que uno de los dos había comprado para cenar; detalles sobre un regalo secreto escondido en un cajón y alguna pista para encontrarlo, o el dibujo de un corazón que encerraba dentro el nombre amado, como un beso de papel. Al mismo tiempo, veían y vivían cosas contradictorias, consignas llenas de esperanza que hablaban de cambios, que prometían prosperidad y mejoras para todos, pero también amenazas soterradas para aquellos que no aceptaran las nuevas ideas.

Un día, al regresar a casa del trabajo, Pepe vio cómo máquinas de escribir, sillas, mesas y archivadores eran arrojados a la calle, donde se estrellaban contra el suelo desde el interior de un edificio de oficinas de La Habana Vieja. La gente huía despavorida, había personas heridas y un gran alboroto; sin embargo, no acudió nadie, ni policías ni militares, nadie en absoluto. Tampoco los periódicos mencionaron el suceso. Por otro lado, empezaron a escasear las telas para confeccionar trajes y vestidos, indispensables para su trabajo, y no se sabía por qué. Se tenía noticia de que muchas personas estaban abandonando Cuba por cuestiones políticas, llegaban rumores de que se impondría un orden nuevo de la mano de la Revolución.

Inés se quedó embarazada muy pronto; no entraba en sus planes, pero al ver la felicidad de Pepe se contagió de ella y ambos disfrutaron de la alegría que causó la noticia en las dos familias y también entre los amigos y conocidos. En la intimidad de su alcoba, buscaban nombre para el niño que esperaban, porque los dos deseaban un varón y fantaseaban con los viajes que harían los tres por todo el mundo. Se juraban lealtad: siempre se tendrían confianza y no habría secretos entre ellos. Ese hijo sería lo más importante y lo educarían dándole todo lo que a ellos les había faltado, le inculcarían los valores en los que creían, serían la familia más feliz, la más unida. Esos pensamientos y deseos fueron tejiendo sus días y sus noches, uniéndolos cada vez más. Los fines de semana, siempre que podían, se acercaban a la playa y caminaban descalzos por la arena húmeda de la orilla. Inés había leído que esos paseos eran buenos para el bebé. Luego se sentaban muy juntos y disfrutaban del calor del sol.

En abril de 1959, en la Quinta Covadonga, un centro hospitalario que pertenecía al Centro Asturiano, llegué a este mundo después de un parto largo y complicado que dejó a mamá muy debilitada. Me llamaron Inés y también Edelmira, por mi abuela paterna. Papá durmió en una camita supletoria los días que permanecimos allí y no se separó de nosotras. Por la mañana, iba a trabajar, pero regresaba por las tardes para acompañarnos. La abuela Cándida nos visitaba a diario y le traía a mamá caldo, sus pastelillos predilectos y croquetas de la panadería para ayudarla a recuperar las fuerzas perdidas. Finalmente, le dieron el alta y nos fuimos a casa.

Llegaron las semanas de baja por maternidad. Mamá me amamantaba, confeccionaba mi ropa o me sacaba de paseo por La Habana Vieja hasta El León de Oro. Papá la mimaba como nunca. La familia celebraba con entusiasmo la llegada de la primera nieta y sobrina, todos se volcaron. Inés se iba sintiendo cada vez más fuerte y recuperada. Sus amigas los visitaban y a veces los acompañaban en los paseos, como solían hacer también Fermín y Bille. Fueron días dulces de pañales blancos secándose en la azotea al aire y al sol, de siestas abrazados, de nanas españolas y también cubanas que cantaban meciéndome en sus brazos, de nuevos sentimientos que iban creciendo en los dos y uniéndolos cada vez más. El médico de la familia le recomendó a Inés comer almendras, porque daban buen sabor a la leche, y también beber agua y jugos de frutas. Cuando finalizó la baja, Rogelia, una vieja amiga de la casa, se ofreció a cuidarme mientras ellos trabajaban y empezó a venir con regularidad para familiarizarse conmigo. Según me contaban, nada más verla aparecer por la puerta le echaba los brazos y en las pocas fotos que tenemos juntas las dos mostramos una sonrisa que habla por sí sola.

Otro acontecimiento feliz que tuvo lugar por aquellos días fue la boda del tío Santi y la tía Mary, la última ceremonia que reunió a toda la familia. En las fotos que conservamos de ese día, la tía parece una actriz de Hollywood y están todos tan sonrientes que nadie podría sospechar el cataclismo que se avecinaba. Se fueron a vivir cerca de la panadería, junto a un parque, a un piso tranquilo y luminoso. Unos días después de la boda, como regalo a la joven pareja, los panaderos de El León les hicieron una empanada y los tíos, acompañados de Manuel y los abuelos, se fueron a comerla al valle de Viñales, un lugar muy hermoso de Cuba que se encuentra en la provincia de Pinar del Río. Esa fue la primera excursión de don Santiago, lo más lejos que estuvo nunca de El León de Oro, exceptuando los viajes a España. Los llevó Aurelio, el chófer que vivía al doblar la esquina y los conocía de siempre.

La vida cotidiana seguía su curso, pero Cuba se estaba convirtiendo en un país muy diferente al que todos conocían y esa transformación estaba siendo más rápida de lo que mostraban las apariencias. Mientras Inés y Pepe disfrutaban de su nueva rutina de padres primerizos y habitaban su mundo paralelo, la realidad se filtraba imperceptiblemente y lo transformaba todo.

VI

En busca de mejor fortuna

El primero en salir de Cuba fue Lucky; no se sentía cómodo ni compartía los ideales revolucionarios. Él quería ir a Estados Unidos, pero su padre le pidió que fuera a España, porque allí estaba la familia, y él accedió. A finales del otoño de 1960, tras un breve paso por Asturias, donde no consiguió nada que le interesara, llegó a Madrid. Tenía amigos en la ciudad y se agenció una Vespa para los desplazamientos en busca de trabajo. Vivía en una pensión cerca de la plaza del Callao y en pocas semanas empezó a trabajar de camarero en un bar de la zona, regentado por una pareja de asturianos y frecuentado por cubanos exiliados con los que compartía historia y sentimientos. La empatía fue instantánea. Tuvo algunos amoríos y sobre todo, según nos relataba, mujeres que lo perseguían. Él se dejaba querer y les correspondía, pero no llegó a comprometerse con ninguna. Decía con desparpajo: «Me gustan más las lunas de miel que las bodas», cosa que le costó algunos sinsabores en aquel Madrid de mantilla y confesionario, pero se ganaba a las madres y a los padres igual que a las hijas. Se había criado en la calle, le hablaba con naturalidad a cualquiera. Leía mucho y también le gustaba escribir. Copiaba versos de sus poetas favoritos y les añadía otros de su cosecha. Eso lo descubrí muchos años después; él nunca me lo reconoció y, si se lo decía, se reía y me guiñaba un ojo. Cuando hablaba de aquellos años, lo mezclaba todo: las correrías nocturnas con sus amigos, a los que él llamaba «compadres»; los tablaos y los teatros a los que entraba gratis porque muchas de las artistas lo conocían del bar y lo invitaban; la preocupación por la situación política de Cuba; la añoranza de la familia, sobre todo de su madre; el frío que pasó en la moto por las calles de Madrid hasta que consiguió ahorrar para comprarse un abrigo... Las historias que podía llegar a contar no tenían fin.

Viendo que su situación no mejoraba a corto plazo, que trabajaba duro y ganaba poco, decidió marchar en busca de mejor fortuna a Estados Unidos, a Nueva York. Llegó allí con una maleta donde estaba todo lo que tenía y que no cabía en la consigna del aeropuerto, así que se vio obligado a cargar con ella por las calles de la ciudad hasta que encontró un piso donde alquilaban una habitación. Una vez instalado, durmió el resto del día y toda la noche. A la mañana siguiente, bajó a tomar un café y, con algunos centavos de dólar que conservaba desde su salida de La Habana, llamó por teléfono a un conocido, Beto, del que solo sabía que vivía en la ciudad. Pero no pudo localizarlo. Caminó por las calles cercanas hasta bien entrada la tarde en busca de trabajo, pero no encontró nada y en cuanto regresó a la habitación volvió a llamarlo, esta vez con suerte. Oír una voz familiar al otro lado de la línea los emocionó a los dos. Quedaron en un parque cercano y pocos días después Lucky comenzó como pinche de cocina en el restaurante donde trabajaba su amigo, a muchas paradas de metro de la calle en la que vivía. No duró demasiado tiempo en la cocina; chapurreaba el inglés y tenía mano con el público, así que, a las pocas semanas, lo pusieron de camarero junto a Beto. Las jornadas eran agotadoras, solo libraban medio día a la semana, pero se ganaba dinero. Empezó a ahorrar para ayudar a la familia a salir de Cuba, pagando los visados o los papeles que fueran necesarios, y en cuanto pudo se trasladó a una habitación más cerca del restaurante.

Otro miembro de la familia también salió de Cuba por entonces, León, que voló a España vía Nueva York algunos meses después, para continuar sus estudios de filosofía en la Universidad de Valencia. Durante su escala americana, se alojó con Lucky y hablaron de lo que estaba pasando en Cuba, de la situación de la familia. No parecía que estuvieran sopesando salir de allí por el momento; seguían esperando que las cosas cambiaran, que Fidel convocara elecciones, como había anunciado, y a ver qué pasaba después. Ellos se mostraban escépticos ante esa posibilidad. León quería estudiar en Europa y por sus altas calificaciones estaba seguro de que conseguiría una beca; no obstante, era consciente de que tendría que estudiar mucho, porque le habían hablado de la alta exigencia y calidad del profesorado. Además, tendría que aprender otras lenguas, pero eso no le suponía un problema; al contrario, lo estimulaba. Era un lector infatigable y disfrutaba estudiando. El nuevo mundo que se abría ante él lo ilusionaba y lo ayudaba a no pensar en todo lo que había dejado atrás.

VII

Adiós a Cuba

Dos hechos fueron determinantes para que Inés y Pepe tomaran la decisión de abandonar la isla hasta que las cosas volvieran a ser como antes, algo que todos estaban convencidos de que sucedería. El primero fue que, al incorporarse mamá a su trabajo en el Plantel Jovellanos, después de la baja por maternidad, notó algunos cambios significativos. Había milicianos armados por los alrededores del edificio, corrillos que bajaban la voz cuando alguien se acercaba demasiado, inspecciones sin previo aviso. En una ocasión, uno de esos inspectores irrumpió en su aula y les preguntó a los niños si creían en Dios; la mayor parte del grupo contestó que sí y entonces los conminó a cerrar los ojos y a pedirle caramelos. Ellos, obedientes, lo hicieron. Luego les ordenó abrirlos y les preguntó si los habían obtenido, a lo que respondieron unánimemente que no. Entonces les dijo que cerraran los ojos de nuevo y se los pidieran a Fidel. Cuando todos los hubieron cerrado, él repartió caramelos por todas las mesas y, al abrirlos, los niños, alborozados, dieron buena cuenta de ellos. Antes de irse, el inspector añadió que, como todos habían comprobado, era «mejor pedirle las cosas a Fidel que a Dios». Y abandonó el aula. Cuando comentó este suceso con las compañeras, algunas mostraron su extrañeza y otras, en cambio, le dijeron que era conveniente irse adaptando a esos cambios, porque no habían hecho más que empezar e iban a ser muchos y muy profundos.

Y el segundo hecho, unas semanas después, fue que se extendió por La Habana el rumor de que los centros educativos religiosos tendrían que acatar las reformas revolucionarias que estaban llevándose a cabo por el Gobierno; los niños cubanos, decían, eran ahora «hijos de la Revolución» y como tal deberían «formarse de acuerdo con sus principios y por personal cualificado para tal fin». Ahí papá sintió la falta de libertad de forma dolorosa y mamá, que había simpatizado con las ideas revolucionarias, porque sabía que La Habana no era Cuba, que había corrupción, pobreza y desigualdades, se vio en la disyuntiva de, o bien creer a alguien que no estaba teniendo en cuenta las diferencias a pesar de haber prometido elecciones democráticas a corto plazo, o bien tomar el único camino posible si se quería otra cosa de forma no violenta: abandonar el país temporalmente hasta ver qué rumbo iban tomando los acontecimientos.

Tuvieron conversaciones con la familia sobre lo que estaban pensando, escucharon a los padres y lo comentaron con los amigos. Fermín y Bille también se estaban planteando dejar la isla de manera temporal, aunque iban a esperar un poco. Manolo y Ermelinda no tenían intención de salir y sus otros tíos y primos tampoco de momento. Al final, ellos decidieron irse del país hasta que la situación se estabilizase. A todos les pareció conveniente, porque, además, Pepe llevaba muchos años sin ver a los suyos; los añoraba y deseaba que nos conocieran a mamá y a mí. En pocas semanas organizaron todo. Se lo tomaron como unas vacaciones más largas de lo normal, pensando en regresar en cuanto fuera posible. Prepararon el viaje con ilusión, si bien algo contrariados, porque sentían que la vida no les daba tregua, que, cuando se empezaban a acostumbrar a una rutina, sucedía algo que los obligaba a modificar los planes.

La mañana de la partida, en el puerto de La Habana, una vez pasado el control de pasaportes, a papá lo sacaron de la cola de pasajeros, arrancándome literalmente de sus brazos, y se lo llevaron para interrogarlo. Mientras permaneció lejos, yo no paré de llorar en el regazo de mamá. Él me oyó y pidió a los funcionarios de la aduana que lo dejaran cogerme de nuevo; les explicó que era él quien me dormía, que yo estaba muy «empadrada». Ellos se negaron a ceder y continuaron con las preguntas sobre si hizo esto o aquello o si sabía tal o cual cosa. Mamá, que ignoraba los motivos de lo que estaba sucediendo, intentaba consolarme, pero no lo conseguía y eso la desesperaba. Por fin llegó la hora de zarpar y, al no haber podido concluir nada, decidieron dejarlo marchar. Nunca supieron qué pasó. Cuando logramos reunirnos y abrazarnos, me contaron que yo, afónica de tanto llorar y agotada, me dormí en cuanto papá me tomó de nuevo en sus brazos. Cuando perdieron de vista la ciudad, bajaron al camarote y allí permanecieron abrazados, velando mi sueño, meditando sobre lo que acababa de pasarles, hasta que se hizo de noche.

PERDER

I

Asturias

Después de una tranquila travesía, en el mes de mayo de 1961, siempre con la esperanza puesta en que la Revolución sería algo pasajero y que Estados Unidos acabaría reconduciendo la situación en Cuba, llegaron a España, a Asturias, a pasar el tiempo necesario hasta poder regresar. Inés había solicitado en su centro de trabajo un permiso de estancia sin sueldo para visitas a familiares, una especie de excedencia, que le había sido concedida por tres meses, no sin dificultad. La familia de Pepe estaba exultante y los abuelos, Edelmira y Benjamín, felices por conocernos a mamá y a mí y por reunirse con su hijo después de diez largos años. Las primeras semanas vivimos con ellos, y después mis padres alquilaron una casita en un lugar llamado La Venta del Gallo, en Lugones.

Comenzaron para Inés nuevas rutinas muy diferentes a las que tenía en Cuba, como lavar en el río cercano, el Nora, con la suegra y otras vecinas, golpeando la ropa contra las piedras y restregándola con fuerza para después desplegarla sobre la hierba si lucía el sol o llevarla a casa a tender si estaba nublado; ir caminando a todas partes, pues las distancias eran cortas y las veredas muy bellas; acostumbrarse a un pequeño retrete al final de un pasillo sin luz, al que llegar por las noches era una hazaña. Las madrugadas eran frías y la humedad muy diferente a la cubana; sus vestidos no eran apropiados para aquel clima y sus zapatos de ciudad, de tacón de aguja, tampoco le servían de mucho en aquellos caminos de tierra o hierba. La familia de Pepe se volcó. Le regalaron ropa, calzado, todo lo que necesitara, y ella agradeció y apreció ese cariño que la alcanzó de muchas formas. No solo valoró todas las cosas materiales que le hicieron llegar, sino que se sintió incluida y aceptada; entre todos la ayudaron a adaptarse lo mejor posible; además, aquel acento cubano que teníamos encandilaba a familiares y amigos.

En las fotos de aquellos años hay rostros sonrientes que posan juntos, cabezas bien peinadas, ojos maquillados a la moda, labios siempre pintados, ropa más que bonita, reuniones familiares donde todos parecen felices... Mis escasos recuerdos son buenos: los peldaños de la escalera donde me sentaba en el bar de tres hermanos, Luisina, Mercedines y Pacu, a cual más bondadoso, que me daban caramelos solo por escucharme decir: «Que me pongo brava, ¿eh?»; paseos subida a hombros de papá o del tío Benjamín con los brazos abiertos de puro alborozo; caracoles devoradores de lechuga que observaba maravillada, agachada en la huerta que había detrás de nuestra casa; grillos que oía pero jamás veía, literalmente cubiertos de hojas, en unas diminutas jaulas de plástico verde y blanco que la abuela conseguía quién sabe dónde y colgaba de los tiradores de la alacena, en su cocina.

Pasaba mucho tiempo con los abuelos y también en casa de la tía Justina, hermana de la abuela, que fue maestra en un pueblecito de Asturias. Edelmira me contó que en aquel lugar recóndito era normal, durante los inviernos, oír por la noche los aullidos de los lobos que cazaban por los montes de los alrededores. De hecho, alguna vez su hermana oyó sus pisadas sobre el tejado de la casa donde vivía. Esa historia me aterrorizaba y me fascinaba, no me dejaba conciliar el sueño, pero le pedía que me la volviera a contar una y otra vez. Las dos hermanas eran además unas cocineras extraordinarias y reunían a toda la familia alrededor de la mesa. Mamá aprendió mucho de ellas, observándolas y escuchándolas. Hasta nosotros han llegado esas huellas.

También íbamos a Cangas y a Tineo, a la romería de San Roque con Alberto y Luisa, Albertín y Mary Celi, Teresa y Angelines, Manolín, Tilao…, familiares por parte de la abuela Cándida. Recuerdo una casa que tenía una escalera de madera muy larga de la que no alcanzaba a ver el final porque estaba muy oscuro. Me veo sentada en el suelo respirando aquel aire que olía a leña, a frío, a humo, a todo eso mezclado, mientras los adultos hablaban de cosas que no entendía, pero que me encantaba escuchar.

Muchas veces no reconozco los lugares que muestran las fotografías de entonces, tan solo algunos objetos, como las gafas de sol de mamá, una chaqueta de papá de color beis que usó durante años o la mandolina del abuelo. Aunque Inés y Pepe casi nunca estaban solos y siempre había lugares bonitos a donde ir y parientes o amigos a los que visitar, cuando me fijo en sus rostros, observo algo que vela sus miradas, el germen tal vez de una sospecha que iba creciendo a medida que pasaban los días: en Cuba, los cambios, si llegaban a darse, no serían fáciles ni rápidos; la sensación era ya la de haber perdido algo importante. Las amigas de mamá le escribían y le decían que, a pesar de lo mucho que se había enrarecido el ambiente en la calle, continuaban frecuentando la panadería para tener noticias de ella y saber qué tal iban las cosas por Asturias. Eran cartas que consolaban, pero también hacían sufrir, porque le recordaban una vida que amaba y estaba desapareciendo, la posibilidad de lo que pudo ser y ella sentía cada vez más lejos. Teresa y Berta veían con asombro e incredulidad que amigos y familiares se iban de la isla, y que los que se quedaban lo hacían en muchos casos por no perder sus bienes, igual que le sucedía a nuestra propia familia. A los que abandonaban el país el Gobierno les requisaba todo, perdían sus derechos, incluso el de regresar, como sucedería más adelante. Su hermano Manuel le escribió también; le dijo que no entendía cómo habían sido capaces de irse, que Cuba vivía un momento glorioso. En esa misma carta, describió la magnífica fiesta nacional del 26 de julio, donde tuvo el honor de conocer al primer cosmonauta del espacio, que había visitado La Habana para la ocasión. Al final de la carta, le pedía permiso para instalarse en su casa, porque allí podía estudiar sin interrupciones, ya que ellos no estaban. Mamá y papá le dieron su consentimiento. Rogelia, la mujer que me cuidaba mientras ellos trabajaban y que seguía acudiendo en su ausencia a limpiar de vez en cuando, les preguntó si podía llevarse unos turrones que estaban en la nevera desde las pasadas Navidades. También les dijo que no era fácil encontrar tinta ni papel para escribir. Me pregunto cómo llegarían a Inés y a Pepe todas esas palabras, cómo viviría cada uno de los dos esa separación de personas, lugares y objetos amados, de los libros, las fotos, las cartas que tanto les habría gustado releer... ¿Qué habrá sido de todas esas cosas? Los cuadernos de dibujo de papá, los apuntes a mano alzada que hacía en hojas de periódico o servilletas y luego guardaba en los cajones de la cómoda del dormitorio... ¿Existirán todavía? ¿Alguien los mirará en algún lugar y se preguntará quién los hizo? El malecón habanero era uno de sus lugares favoritos; solían ir allí por las tardes antes de cenar, primero solos y después conmigo, a pasear y a contemplar el mar. Tal vez en Salinas o en Santa María del Mar, cogidos del brazo, los dos recordaran aquellos otros paseos sin atreverse a decirlo en voz alta, por no romper la ilusión de recuperarlos algún día.

Inés se había convertido en ama de casa, trabajo que detestaba; en eso era igual que su madre, no le gustaba limpiar ni planchar. Lo hacía bien, aunque resignada, procurando encontrar consuelo en los buenos ratos, como las romerías veraniegas a las que acudían con toda la familia. A veces, entre baile y baile, releía una carta de Lucky en la que los animaba a dejar Asturias y viajar a Estados Unidos. Le decía que estaba seguro de que ella no tendría ningún problema en encontrar trabajo y Pepe tampoco, en cuanto dominara un poco el inglés. Además, así podría estar cerca de él, «el hermano descarriado», y más adelante tal vez pudieran llevar allí a los padres. Cuando la orquesta empezó a tocar un pasodoble y Pepe la sacó a bailar, Inés se guardó la carta en el bolsillo y se dejó llevar por la música imaginando cómo sería vivir en Nueva York... ¿Acaso podría llegar a convencer a Pepe? ¿Sería buena idea hacerlo? Era mejor no pensar, porque hacerlo encogía el corazón.

Acabó el verano y septiembre fue cambiando los colores del paisaje. Los primeros fríos se colaron en las noches y las madrugadas. Llegaron las lluvias y los árboles mostraron todo su esplendor en una variada paleta de rojos, naranjas y verdes. La excedencia de Inés había concluido y no había visos de un regreso a Cuba. Los abuelos continuaban allí y también Santiaguito, Manuel y los primos Tino, Rosa y Pepito. Por entonces el hermano de papá, el tío Benjamín, que meses atrás había sufrido un aparatoso accidente mientras enseñaba una moto a un cliente cerca del taller donde trabajaba, le pidió a su hermano que lo acompañara a Madrid con el propósito de consultar a varios especialistas y ver si se podía evitar la arriesgada operación que podría dejarlo cojo. Papá accedió sin dudarlo y los dos viajaron a la capital. Al tío lo ingresaron; tenían que realizarle muchas pruebas y era lo más conveniente. Papá tuvo que alojarse en una pensión cercana al hospital, porque no le permitieron quedarse de acompañante de su hermano. Era la primera vez que se separaba de nosotras, así que le escribía casi a diario a mamá contándole lo que había comido, cómo era su habitación, lo largos que se hacían los días estando lejos, lo caro que era todo y lo poco que cundía el dinero. Le preguntaba por mí; le entristecía que yo pudiera llegar a olvidarlo y le pedía que me cantara alguna vez las canciones que él me cantaba. Ella le respondía que lo extrañaba mucho, pero que se dormía cada noche imaginando el reencuentro. Le dijo también que yo recorría la casa con su retrato en las manos, que se lo enseñaba a las muñecas y les decía que mi papá estaba en Madrid y que iba a venir mañana. Entre visita y visita a su hermano en el hospital, Pepe vendió algunas cajas de puros que había traído de Cuba por los bares y cafeterías del centro, consiguiendo así un respiro económico. Al final, los médicos le pusieron a Benjamín un tratamiento y recibió el alta. No habría operación. La víspera del viaje, se acercó a SEPU, una conocida tienda de la Gran Vía, a comprar un jersey de lana de colores para mí y una blusa para mamá. Esa tarde llovió mucho y de camino a la pensión dejó que el agua lo fuera mojando; le recordaba los aguaceros de Cuba, aunque aquí no se secaba la ropa rápidamente al calor del cuerpo. Siempre le gustó caminar bajo la lluvia rodeado de gente que iba y venía a sus quehaceres, cobijado en la intimidad de su paraguas, que a mí me parecía enorme, escuchando el ruido de las gotas sobre la tela y parándose a mirar los escaparates iluminados.

Llegaron a Asturias antes que la postal con una foto de la plaza Mayor que había escrito en la pensión la víspera del viaje. En ella contaba que las noticias eran buenas, que no había operación a la vista, que volvían a casa y se moría de ganas de vernos. Al llegar, mamá le explicó que había recibido noticias de Santi y que, por una confusión de cartas, se habían llevado a la abuela Cándida detenida. Por lo visto, un sacerdote amigo de la panadería con el que la abuela se escribía, y que residía ahora en el extranjero, le mandó una misiva en un sobre con la dirección del seminario de La Habana y la que iba dirigida al seminario la metió en otro sobre con el nombre de la abuela y la dirección de El León de Oro. Al revisar el correo de los religiosos, que supervisaban diariamente, encontraron la carta con el nombre de la abuela y la dirección de la panadería; así la localizaron. Hasta que se aclaró el malentendido, la abuela permaneció retenida en un piso del Gobierno habilitado para mujeres. Allí entabló amistad con el chico que les llevaba la comida y este fue quien le dijo la razón por la que ella estaba allí, cosa de la que no había sido informada en ningún momento. Parece ser que esa estancia de la abuela en el piso-prisión no fue mala; eso contó al abandonarlo a las pocas semanas, pero su pierna había empeorado y al salir manifestó que su salud necesitaba una tregua. Habló con Santiago y decidieron que se fuera a Asturias una temporada. Cándida le pidió que la acompañara, pero el abuelo no quería irse: estaba seguro de que las aguas volverían a su cauce tarde o temprano, decía que «era cuestión de paciencia». Animó a la abuela a que se fuera ella primero hasta que pudieran reunirse de nuevo, convencido de que eso sucedería muy pronto… o quizá queriendo convencerse, porque lo cierto es que también acordaron sacar parte de sus pertenencias, como ropa de cama, manteles, vajillas y otros enseres, por si la cosa se alargaba más de lo previsto y la familia lo necesitaba allá donde estuviera.

Así fue como Cándida cargó con lo que cupo en un baúl y dos maletas y embarcó con destino al puerto de Santander. Toda la familia acudió a despedirla al muelle y desde la baranda, apretujada entre personas que agitaban pañuelos con el rostro compungido, vio alejarse la ciudad donde había pasado los años más dulces de su vida. Allí quedaba el compañero que le hubiera gustado tener a su lado en aquel momento, dos de sus hijos y su casa, que tanto le gustaba, limpia y clara, con las ventanas abiertas y la brisa entrando por todas ellas. Todavía no los había perdido de vista y ya soñaba con el momento en que todos volvieran a reunirse.

Semanas después, llegó al puerto de Santander, donde la estábamos esperando. Nada más verme, sonrió y me recitó aquellos versos: «¿Quién es la mi nena, tan guapa como una pera, que se va conmigo para Compostela? ¿Quién me canta "El negrito Colacú"?»... «Colacú», repetí yo y me abracé a su cuello, reconociéndola. Un instante de alegría, palabras de amor. La intención era que viajase a Tineo y se instalase allí, en la casa de su hermano mayor, hasta que Santiago pudiera reunirse con ella. Pero antes vendría con nosotros a Lugones, donde pasaría una temporada. La casa era pequeña, pero se arreglarían. Para mamá, verla y oírla fue como regresar a su antigua vida. Sus vestidos, su cuerpo imponente, su hablar lento, aquella mezcla de castellano y bable dulcificada por el Caribe sin marcar mucho las jotas ni las zetas. El olor que llenó el aire cuando abrió el baúl era el de su casa y mamá sintió deseos de meterse dentro y cerrar la tapa. Casi no tuvieron tiempo de verse a solas, porque acudieron familiares y vecinos que deseaban conocerla, saber de primera mano cómo estaba todo por allá. Cuando llegó la noche, mientras cocinaban algo juntas para cenar, hablaron de la incertidumbre inevitable. Cándida tenía la pierna dolorida, anhelaba recuperarse y sabía que lo necesitaba, pero separarse del abuelo le había causado una enorme tristeza y dejar atrás su hogar la hacía temer por el futuro. Así se lo confesó a su hija.

Recuerdo un paseo uno de aquellos días. Voy caminando entre las dos abuelas, cada una me toma de una mano. Avanzamos por un ancho sendero bordeado de árboles. Luce el sol y todo brilla, porque hace poco que ha dejado de llover. Ellas hablan y sus palabras se mezclan con los trinos de los pájaros, que cruzan volando de un árbol a otro. A ratos me alzan del suelo, porque no quieren que meta los zapatos en los charcos. No sé cómo empezó ni cómo acabó ese paseo, tampoco si fue uno o hubo muchos parecidos. El olvido se llevó esa parte y dejó lo esencial: el placer de sentir el cuerpo en volandas sobre los charcos.

Cuando Inés se despidió de Cándida semanas después, sintió un gran desconsuelo que nadie apreció, porque su rostro mostraba una sonrisa franca y eso fue lo último que vio su madre antes de subirse al coche de línea que la llevaría a Tineo. Parte del equipaje se quedó en nuestra casa para que viajase más ligera; se lo irían llevando mis padres en cuanto pudieran. Su hermano Alberto la esperaría en el pueblo al pie del autocar.

Las cartas traían noticias del otro lado del Atlántico. En el mostrador de El León de Oro seguían Santi y el primo Tino, y ahora también a ratos la tía Mary, y dentro, Felisa, la cocinera, y los panaderos y dulceros, que continuaban con sus quehaceres cotidianos. Los planes eran que el abuelo siguiera los pasos de la abuela en cuanto fuera posible. Lucky tenía sus dudas. En una carta a mamá le dijo: «La cosa de Cuba va para años. —Y recalcó—: Años, Inés». Por otro lado, las amigas le seguían escribiendo y la animaban a que estudiara inglés y se reunieran todas en Miami. Ya estaban solicitando los papeles para salir, vía España o directamente a Florida, cada una según sus posibilidades y contactos.

Pepe había comenzado a trabajar como representante de flanes El Mandarín. Le facilitaron una furgoneta y con ella recorría los pueblos de las comarcas vecinas vendiendo flanes que iban en cajas amarillas, con unos muñecos de plástico de promoción. Conservo uno que podría ser el hijo del mandarín; lleva una minicoleta en la cabeza rapada y se está comiendo un flan directamente de un plato que sujeta con una mano, porque con la otra se agarra el pantalón, que le queda grande y le deja las nalgas al aire. Me recuerdo jugando con aquellos muñecos en la parte trasera de la furgoneta, o sobre las mesas pegajosas de los locales que visitábamos, mientras papá hablaba con sus clientes. En una ocasión, estábamos cruzando un puente de madera que crujió mucho y parecía que iba a romperse; él aceleró y lo pasamos muy rápido. Yo, que estaba sentada jugando en la parte trasera, perdí el equilibrio y caí de espaldas sobre un montón de aquellos muñecos. Debí de asustarme, pero me reí; eso es lo que recuerdo, que me reía y seguía riéndome cuando papá se bajó de la furgoneta y me cogió en brazos, sollozando y cubriéndome de besos mientras me revisaba los brazos y la cabeza. Conservo muchas imágenes nítidas de aquellos años, como la visión de las vacas negras y blancas de ubres rosadas paciendo en los prados o en equilibrio por las laderas de las montañas cerca del puerto de Pajares; la lenta oscilación de sus caderas huesudas cuando caminaban delante de nuestro coche, balanceando el cuerpo de derecha a izquierda, por aquellos caminos de tierra bordeados de árboles. El territorio de mi niñez, siempre envuelto en la niebla que subía de la hierba y se quedaba suspendida en las copas de los árboles, ocultando el cielo, y papá al volante de la furgoneta hablándome o cantando con su voz dulce y emocionada.

El invierno asturiano, inclemente, alargaba las noches y acortaba los días. Llegó la escarcha a las madrugadas y las montañas se cubrieron de nieve. La casita de Venta del Gallo estaba llena de rendijas por donde se colaba el frío. Los catarros duraban semanas y todos los sufríamos. Lucky escribió desde Nueva York: cada vez tenía menos fe en que las cosas fueran a cambiar en Cuba. Por aquel entonces estaba trabajando en el Copacabana, una famosa sala de fiestas de la ciudad. Ganaba bien y estaba «rodeado de bellezas». Le contaba a Inés que, si Asturias le parecía frío, Nueva York era el Polo Norte.

Uno de aquellos días, mientras el viento sacudía los árboles más allá de la ventana, mamá y yo esperábamos a papá en la cocina, sentadas a la mesa. En el fuego hervía despacio una sopa y nosotras estábamos dibujando. Ella trazó la letra «I» de su nombre y el mío; yo la imité y dibujé algo parecido a una montaña inclinada. Sonrió y me animó a probar de nuevo; entonces me salió algo parecido a las vías del tren. Mamá soltó su lápiz, me cubrió la mano con la suya y la guio por el papel dibujando una «I» idéntica a la primera, y luego otra, y otra… mientras yo contemplaba maravillada la mano moviéndose sin mí. ¿Cuánto tiempo le llevaría a mi mano, bajo mi guía, aprender a trazar unas íes tan bonitas como las que hacía guiada por mamá? Gracias a noches como aquella, al calor de su voz, que iba poniendo nombre a las cosas, mirándola cocinar, escribir o planchar, la fui queriendo cada vez más. Se estaba siempre bien a su lado y esperar a papá juntas era lo mejor, aunque la mayor parte de las veces solo ella aguantaba despierta.

II

Atrás, ni para coger impulso

Esa popular consigna revolucionaria, que apareció escrita en carteles y muros en Cuba durante los años sesenta, se grabó en la mente de partidarios y no partidarios de Fidel. Yo la oí muchas veces en casa, formaba parte del léxico familiar con carácter polivalente. Mamá la usaba para animarnos a seguir adelante cuando algo no había salido como queríamos, porque el pasado no tenía remedio, nos gustase o no. Papá, con su habitual humor asturiano, la empleaba para zanjar la cuestión cuando alguna de nosotras se enredaba en indagar e indagar sobre algo pasado de lo que él no quería hablar.

En abril de 1962, dos hombres se presentaron una mañana en la panadería y pidieron hablar con Santi, que en ese momento no estaba en el mostrador. Cuando salió a su encuentro, le preguntaron si les haría el favor de cambiarles unos dólares, algo que era práctica habitual en los comercios de La Habana. Santi les dijo que sí y, cuando tuvo los dólares en la mano, lo detuvieron y se lo llevaron. Todo parecía indicar que había sido algo premeditado, una excusa de las utilizadas para escarmentar a aquellos que no simpatizaban del todo con las nuevas ideas. Sin explicaciones, lo detuvieron y lo encarcelaron en la Cabaña, donde permaneció junto a otros sospechosos de conducta antirrevolucionaria. Mary podía visitarlo cada quince días y lo hacía sin falta para llevarle algo de comida y hablar un rato con él, siempre vigilados. Había ocasiones en las que no se lo permitían y tenía que volver a casa sin una palabra de consuelo y sin noticias. También fue ella la que ocupó su lugar en el mostrador, despachando y atendiendo a los clientes. Mantenerse ocupada la ayudaba a no pensar y diluía un poco la preocupación. Durante ese tiempo, dejó el piso donde vivía con Santi y se trasladó a la panadería, donde ocupó la habitación de soltera de mamá. Solo iba a su casa a limpiar y a regar las plantas y permanecía el menor tiempo posible; sin su marido se le caía encima. Todo el mundo preguntaba por él; en las cartas de la familia se notaban la preocupación, el desconcierto y también la incredulidad, como si lo que estuviera pasando no fuera real del todo. El abuelo retrasó nuevamente su salida hacia España, no quería dejar sola a su nuera hasta que se aclarase la situación y tampoco a sus hijos y sobrinos. Fue el tiempo de la crisis de los misiles, cuando la amenaza de una guerra nuclear se materializó por primera vez y endureció el embargo americano a la isla. En Cuba empezaron a escasear algunos alimentos, el ambiente entre los conocidos era de absoluto desánimo; no se conseguían piezas de recambio para los electrodomésticos que se estropeaban, la mayor parte fabricados en Estados Unidos, lo que pronto los convertía en chatarra si no se encontraba un apaño.

Teresa le escribía cartas a mamá en las que le decía que cada vez costaba más salir de Cuba, porque hacían falta papeles, visados y dinero. El proceso llevaba mucho tiempo y era complicado. No se cansaba de decirle que tratara de convencer a papá para trasladarnos a Miami y establecernos allí, así podrían apoyarse la una a la otra, trabajar juntas quizá. La extrañaba mucho. Según ella, todo era posible aún y para Pepe no sería difícil aprender inglés y conseguir trabajo, porque en Norteamérica se ayudaba mucho a los cubanos. Las cartas de Tere eran siempre esperanzadoras, aunque marchar a Estados Unidos nunca fue una opción clara para ellos.

A finales de la primavera de 1962, mamá empezó a sufrir mareos matutinos y a encontrarse muy cansada, hasta el punto de que le costaba realizar las tareas cotidianas. No dijo nada creyendo que se trataría de algo pasajero y por no causar molestias ni alarmar inútilmente. Con el paso de los días comenzó un dolor abdominal y los mareos se hicieron cada vez más frecuentes. Pepe notó también que estaba muy pálida, pero todos a su alrededor, incluso ella misma, pensaban que podría estar embarazada, pues parecían síntomas normales durante las primeras semanas, así que no le dieron mayor importancia. Una noche, mientras releía una carta del abuelo en la que le comentaba que los preparativos de la próxima fiesta del Primero de Mayo tenían el ambiente por las calles muy alborotado, sintió «como si un cuchillo le atravesara el vientre»; se inclinó hacia delante para abrazarse las piernas y así la encontró papá al regresar del trabajo, en el suelo del pasillo que comunicaba su dormitorio con el pequeño retrete, llorando y segura de que algo no iba bien.

La arrastró como pudo hasta la cama y corrió a buscar ayuda; alguien tenía que quedarse conmigo mientras la llevaba a la Residencia, el hospital de referencia de Oviedo. Asustado y muy nervioso, fue lo más rápido que pudo a casa de los abuelos, que vivían muy cerca, y llamó con los puños a la puerta. Con las prisas había olvidado coger la llave. Abrió el abuelo, pero acudieron todos al oír los golpes. Papá les contó atropelladamente lo que pasaba y decidieron, mientras se ponían ropa de abrigo, que el tío los acompañaría a ellos al hospital y los abuelos se quedarían conmigo. No había tiempo que perder. Descendieron la escalera exterior. Abajo estaba la vecina, Tila, que, alertada por los ladridos de los perros del corral, había salido a ver qué pasaba. Le contaron deprisa mientras caminaban y ella se ofreció a ayudar en lo que hiciera falta. Mientras se alejaban por la carretera, les gritó, persignándose: «Que no sea nada, Pepito».

Cuando llegaron a casa, mamá estaba hecha un ovillo en la cama y yo me había despertado e intentaba salir de la cuna. La abuela tocó la frente de su nuera: estaba ardiendo. Rápidamente, cogió algo de ropa y buscó una bolsa mientras papá, el abuelo y el tío trataban de incorporarla. El dolor era insoportable, pero consiguieron entre los tres, con cuidado, acomodarla en el asiento del copiloto de la furgoneta.

Al llegar a la Residencia, mamá casi había perdido el conocimiento. Papá condujo hasta la puerta, bajó a toda prisa y entró en el centro. Poco después llegaron dos camilleros que sacaron a mamá del asiento y la acostaron en la camilla. Papá le cogió una de las manos, que le colgaban inertes a ambos lados del cuerpo, se la besó mientras le hablaba con todo el cariño del que era capaz y fue caminando junto a ella hasta que ya no lo dejaron pasar. Entonces el tío se acercó a él, lo abrazó, lo consoló como pudo y ambos se sentaron. Horas más tarde se presentó el médico y les explicó lo que había pasado.

—Son los parientes de Inés, ¿verdad? —preguntó.

—Sí —respondió Pepe—, soy su marido y este es mi hermano.

—Bueno, ante todo, calma, les noticies no son buenes, pero gracies a Dios parez que llegamos a tiempo —les explicó, pausado—. Su esposa tien un embarazu extrauterinu, vamos a operarla hoy mismo, ahora viene la enfermera con unos papeles que tienen que rellenar. Puru trámite del hospital.

—¿Es peligrosa la operación? —preguntó papá con un hilo de voz, angustiado.

—Bueno, tien su riesgu, pero ella ye joven y está sana, hay que rezar y tener fe —dijo el médico.

Pepe lo abrazó y este lo tranquilizó; le dijo que confiase y que todo iría bien. Luego, mientras el doctor se alejaba para desaparecer al final del pasillo, él sacó de la cartera la estampa de María Auxiliadora y la besó con fervor.

La intervención fue larga y exitosa, pero mamá perdió un ovario. Cuando se lo dijeron, lloró desconsolada pensando que no podría tener más hijos...

—Tranquila, Inés —dijo el cirujano—. Si me toca ser padrinu de todos tus fíos,[20] tengo que pedir aumentu de sueldu... Ahora a descansar y recuperarte, estes coses lleven su tiempu.

Papá la visitó todos los días que permaneció ingresada. También vino del pueblo la abuela Cándida, que se quedaba con ella por las noches. No hablaban mucho, casi todo el tiempo rezaban. Las dos sentían una añoranza muy grande de Cuba. La abuela además le confesó su preocupación por Santi, por lo que le estaba pasando; mamá la tranquilizó: su hermano no había hecho nada malo, seguro que lo liberarían pronto. Se acompañaron y estuvieron muy cerca la una de la otra, como nunca lo habían estado. No evitaron hablar de lo que dolía más que aquella cicatriz y se confesaron abiertamente sus sospechas de que la vida estaba virando sin remedio. Por fin, mamá recibió el alta médica y regresó a casa. Algunos días después, también la abuela volvió a Tineo, viendo que mamá se recuperaba bien. A principios de octubre, llegó de La Habana la noticia de que al tío Santi lo habían puesto en libertad pendiente de juicio. Se encontraba desmejorado, el pelo se le había puesto blanco y parecía haber envejecido varios años. Confesó estar dichoso de estar entre los suyos, pero pensaba salir de Cuba en cuanto fuera posible.

Algunos meses después, a comienzos del verano de 1963, tuvo lugar otro hecho decisivo: El León de Oro fue nacio-

[20] *Fíos*: hijos.

nalizado. Dos milicianos se presentaron una mañana y le dijeron al abuelo que la panadería pasaba desde ese momento a ser propiedad del pueblo cubano, que les entregara las llaves porque el Gobierno tomaba las riendas y él ya no tenía nada que hacer allí. Sin papeles de ningún tipo, sin más explicaciones. El abuelo no dijo nada; aguardó inmóvil unos instantes, subió a su casa y no volvió a ocuparse de nada. Sabía que tarde o temprano llegaría ese momento, lo estaba viendo a su alrededor todos los días, pero una cosa era saberlo y otra vivirlo. Aquella escalera, que subía cada noche cuando cerraba las rejas, debió de parecerle de bajada aquella mañana. El tío Santi y todo el personal podían quedarse, seguirían en sus puestos como empleados del Gobierno, a las órdenes del nuevo interventor, que aprendería del tío todo lo necesario para manejar el negocio.

Por lo que contaron, este funcionario fue un tipo bastante considerado que tuvo algunos detalles con la familia y se llevaba bien con el tío Santi. El trabajo pasó a estar regulado, las jornadas serían de ocho horas y habría día y medio de descanso a la semana. El personal acogió las nuevas medidas con cautela y también discreto alborozo. Manuel y el primo Tino, que se habían hecho muy amigos, viajaron por primera vez algunos domingos a Pinar del Río o a Varadero en un Fiat que había comprado Manuel de segunda mano. Esas excursiones y las largas conversaciones que mantuvieron por aquellos días serían recuerdos inolvidables para los dos. Tino quería irse, pero Manuel prefería quedarse y le pasaba libros a su primo que hablaban de todo lo que lograría la Revolución. Cada uno intentaba convencer al otro de lo que pensaba argumentando, dialogando y al mismo tiempo disfrutando de la vida, ya fuera sentados a la sombra de las altas palmas en los parques de la ciudad o metidos en el agua cristalina de las playas habaneras en los días libres. Los dos eran apuestos y las cargas de la vida adulta estaban todavía lejos. El propio abuelo Santiago iba a bañarse alguna vez con la tía Mary y su sobrina nieta Rosa a la playa de la institución Hijas de Galicia, que estaba ahora nacionalizada y abierta al público. Se celebró el primer carnaval socialista y la asistencia fue masiva. Se habló de igualdad, de acabar con la explotación, de la repartición de los bienes entre los más necesitados, de educación y sanidad gratuitas, de una patria para todos los cubanos. Eso sí, el que se iba lo perdía todo, si querías algo tenías que quedarte. En las cartas de aquel verano, el abuelo hablaba de venir a España ese otoño.

Una de las cosas que más extrañaban todos, cada uno en el rincón donde estuviera, era la comida de El León de Oro: el pan, los dulces, los hojaldritos y las croquetas. Aquellos sabores familiares eran ahora el auténtico hogar que todos habían compartido y perdido. En la panadería, vivir y trabajar eran lo mismo y cada uno tenía su modo de participar en la rutina del negocio. Y eso, que Inés nunca valoró especialmente, ahora se presentaba a sus ojos como un edén perdido. Mientras ella calentaba en la cocina de carbón la plancha que pasaría por nuestra ropa y yo jugaba a poner la mesa, llegaba papá del trabajo. Nada más oír su voz, corría a sus brazos; luego él besaba a mamá y la abrazaba. Esos instantes eran como el aire del mar, sanaban. El calor de sus cuerpos era su hogar, los alimentaba igual que la comida. En las cartas de esos años había resignación y también tristeza, todos se deseaban salud en los encabezamientos y se despedían con besos y abrazos, sin duda para que la vida tuviera una apariencia de normalidad, para consolarse y ganar tiempo. Pero por debajo de las frases un temor lúcido se abría camino: en Cuba había triunfado una revolución que solo admitía a los que estuvieran dispuestos a trabajar por ella en la forma que iba tomando. La historia se estaba escribiendo día a día y los cambios eran profundos. Había que elegir entre la España de Franco o la Cuba de Fidel, que lo decía de forma clara: «Dentro de la Revolución, todo; contra la Revolución, nada».

Casi dos años después de su excarcelación, el tío Santi fue juzgado públicamente en la plaza de la Revolución y finalmente liberado. Desde ese momento, su único empeño y el de la tía Mary fue salir de Cuba. Así se lo comunicaron a la familia. Poco después, comenzaron a tramitar sus visados.

III

Una hermanita y más cambios

Pepe encontró un empleo de media jornada en unos grandes almacenes de la calle Uría, aunque por las tardes y los fines de semana seguía vendiendo flanes con la furgoneta. La mejora económica les permitió mudarse a un piso en Oviedo, pensando también que, si la situación de Cuba se prolongaba, como todo parecía indicar, tendrían que buscar un colegio para mí y los buenos estaban en la ciudad. El piso era luminoso y estaba cerca del Campo de San Francisco, un parque de árboles centenarios que tenía un estanque con patos y cisnes y también barquilleros que lo recorrían ofreciendo sus delicias a niños y mayores. Casi todos los días, papá encontraba un rato para llevarme a dar un paseo allí. Comprábamos barquillos y se los echábamos a los patos; nos encantaba ver cómo los devoraban en pocos segundos y luego se alejaban nadando. Mamá estaba otra vez embarazada. La noticia la hacía muy feliz porque alejaba definitivamente la débil sospecha de que no iba a poder tener más hijos, a pesar de que ya le habían asegurado lo contrario. Hacía vida normal y se cuidaba todo lo que podía. Su padre le escribió desde La Habana deseándole que todo fuera bien, contento de que yo fuese a tener un hermanito con quien jugar. También por entonces, salieron de Cuba Fermín y Bille, que estuvieron algún tiempo en Gijón, de donde era la familia de él, y luego se fueron a Puerto Rico, donde estaba la familia de ella. Y allí fijaron su residencia.

En abril de 1963, nació mi hermana María; una asturiana, vuelta a los orígenes. Era muy despierta y también tranquila, no daba trabajo; eso es lo que mamá señalaba cuando recordaba su infancia. Deduzco que yo debí de darles bastante. Su llegada provocó que las visitas de los abuelos y el tío fueran más frecuentes. Una vecina, Amparín, que se había hecho muy amiga de mamá y venía a verla casi a diario, le regaló una virgen que me tenía encandilada. Se encendía con un interruptor que tenía detrás y en cuanto se iluminaba empezaba a emitir una música maravillosa. Imagino que en algún lugar habría un cable y ahora sé que era la Virgen de Covadonga. Oí aquella melodía años después durante el bautizo del hijo de una buena amiga. Al final de la ceremonia el coro comenzó a cantar y la reconocí al instante. Ensimismada, volví a aquella escena que se repitió tantas veces en el piso de Oviedo donde vivíamos; mamá acercaba la cuna de mi hermana a la Santina,[21] yo pulsaba el interruptor y allí nos quedábamos las dos escuchando

[21] *La Santina*: en Asturias, nombre que se le da a la patrona, la Virgen de Covadonga.

mientras ella cocinaba o limpiaba, leía cartas o planchaba nuestra ropa.

La abuela Cándida solía escribir desde Tineo si recibía noticias de Cuba. En una de aquellas cartas, contaba que le había escrito el abuelo y «nada dice de venir». Su pierna había mejorado mucho, la familia la cuidaba y, aunque ella quería ayudar, no le dejaban hacer casi nada. Contaba que extrañaba mucho la vida en Cuba y que, si Santiago no venía, planeaba ir a reunirse con él. Otra noticia llegó también en esa carta: la tía Mary estaba embarazada, así que Santi y ella habían decidido posponer su salida hasta después del nacimiento del bebé. Los papeles no acababan de llegar y las fechas de los vuelos cambiaban continuamente. No quedaba más remedio que seguir trabajando y confiar en que todo saldría bien.

Meses después de una angustiosa espera por la concesión de los visados y por los continuos cambios en la programación de los vuelos, el tío Santi, su esposa Mary y el primo Antón, que tenía meses, viajaron por fin a España, a Asturias, para reunirse con la familia. Atrás dejaron al abuelo y la panadería en manos ya de funcionarios del Gobierno; a Manuel, que ampliaba sus estudios y tenía verdadera fe en los nuevos tiempos; al primo Tino, aguardando la llegada de sus papeles para venir a Madrid, y a Pepito y Rosa, que, como muchos amigos y conocidos, no sabían qué hacer y permanecían indecisos.

Santi y Mary vinieron a Oviedo, a nuestra casa. La tía y mamá cuidaban de nosotros y se ocupaban de las tareas domésticas y Santi acompañaba a papá en su recorrido por los pueblos con los flanes El Mandarín los fines de semana, hasta ver si aparecía alguna oportunidad de trabajo. Todos pensaban ya que la situación en Cuba no iba a cambiar; los norteamericanos no tenían intención de hacer nada y seguían nacionalizándose negocios. Aquella era la dura realidad que había que afrontar cada día. Solo quedaba adaptarse o marchar dejando atrás lo que se había tenido, como habían hecho ellos. Casi todos los amigos se habían ido a Estados Unidos, sobre todo a Miami y a Nueva York. Manuel seguía intentando convencerlos en sus cartas de que deberían regresar, precisamente porque nada parecía indicar que las cosas fueran a cambiar en la dirección que ellos deseaban. Les decía que tampoco era probable que el abuelo fuese a viajar a España. ¿Acaso sería sensato?... Ya tenía una edad y en Cuba su subsistencia estaba asegurada. León, que estudiaba en Bélgica, escribió que tal vez tendría más sentido que la abuela se reuniera con el abuelo en La Habana y pasaran juntos, en el país que había sido su patria, lo que les quedaba de vida. Todas estas ideas y opiniones se comentaban en el seno de la familia.

«Ahora lo importante son ustedes y su futuro —zanjó la abuela—, nosotros ya vivimos nuestra vida».

La tía Mary tenía parientes en Madrid, cerca de la plaza de Cascorro. Ella y el tío Santi habían hablado de probar suerte en la capital, porque una ciudad grande siempre ofrecía más oportunidades y, además, el clima asturiano les resultaba a todos duro por la humedad y el intenso frío. Otra opción podría ser Barcelona, que además tenía mar, pero la comunicación con Asturias era peor y además allí no conocían a nadie. Pepe se resistía a marchar, aquella era su tierra y poco a poco estaban saliendo adelante. Mamá estaba dividida: por un lado, quería quedarse y, por otro, la capital le parecía un lugar más interesante para ella y también para nosotras. No podía evitar sentir que «la realidad es quien nos moldea y no nosotros a ella», como tantas veces le había dicho su padre. Al final, los tíos se trasladaron a Madrid con la abuela y el primo Antón. Se alojaron de manera provisoria en casa de los familiares de la tía y cada mañana, lloviera o luciese el sol, salían a caminar en busca de negocios en traspaso. La abuela contaba con algo de dinero gracias a un piso que le tocó en herencia y vendió bien; su idea era utilizarlo para ayudar al hijo a establecerse y luego reunirse con el abuelo en La Habana.

Una de esas mañanas, Santi y Mary entraron a desayunar en una cafetería-freiduría en traspaso en el número 5 de la calle Infantas que se llamaba Zara. El dueño, que fue quien los atendió detrás de la barra, les dijo que era de Zaragoza, de ahí el nombre del negocio, y que estaba deseando retirarse y regresar a su tierra. El local tenía también una barra más pequeña que se usaba como freiduría y estaba montada, pero en aquel momento se encontraba en desuso porque él lo que quería era traspasar e irse cuanto antes. Los tíos quedaron en regresar temprano al día siguiente para hablar con calma, porque ya estaban entrando algunos clientes y Vicente, que así se llamaba el dueño, tenía que atenderlos.

Mientras caminaban de vuelta a casa, hablaron de cómo sería gestionar una cafetería. Santi sabía contabilidad, había llevado muchos años los números de El León de Oro, pero allí prácticamente no había que hacer nada más que despachar y siempre estaba ahí don Santiago; esto era diferente. Ahora estaban solos y había que acertar, porque un error podría resultar fatal. Después de cruzar la plaza Mayor, bajaron por la calle Toledo y entraron en la iglesia de San Isidro a rezar para que sus decisiones los llevaran a buen puerto. Luego, ya en casa, le contaron a la abuela Cándida lo que había pasado para ver qué le parecía a ella. Su reacción fue buena: los bares y las cafeterías eran negocios que enseguida arrancaban si se trabajaba duro; había que abrir pronto y cerrar tarde, estar al pie del cañón; esa fue la filosofía de El León de Oro que los había llevado al éxito.

A la mañana siguiente, como habían acordado, regresaron y hablaron con Vicente. Este les comentó que el negocio no era difícil de llevar, porque el barrio tenía mucha vida nocturna y nunca faltaban clientes. Les enseñó el local y la cueva, un sótano casi del mismo tamaño que la planta superior al que se accedía tirando de una argolla de hierro que levantaba una tapa en el suelo al final de la barra. Estaba hecha de tablones de madera y daba acceso a una escalera que tenía los peldaños de ladrillo revestido con cemento. El sótano era un lugar húmedo y sombrío, alumbrado por dos únicas bombillas que colgaban de sendos cables, una encima de la escalera y la otra en el centro del habitáculo principal. Había cajas de licor y vino arrimadas a las paredes y la tía vio dos ratones colándose por un agujerito de la pared. Vicente se percató...

—Tenéis que haceros con un gato —les dijo—. El último que tuve se me murió hace un mes y no he cogido otro porque como me voy...

Había mucho trabajo por delante. Ahora lo más importante era cerrar el trato lo antes posible para ponerse manos a la obra. Acordaron el precio del traspaso y quedaron para el papeleo en cuanto estuviera preparado. Vicente los avisaría. A ratos en los días sucesivos y durante el fin de semana, se acercaron al local en distintos horarios para ver el movimiento. A primera hora de la mañana había obreros de la construcción tomando el café y la copita de coñac; algo más tarde, oficinistas y secretarias desayunando, pero la vida nocturna del local fue lo que más les sorprendió, porque había muchas «mujeres de vida alegre», como se decía por entonces, apostadas en la barra charlando con sus posibles clientes. También vieron a policías, serenos y muchos parroquianos, empleados de los locales aledaños, que pasaban a tomar algo después de la jornada laboral o vecinos del barrio que lo visitaban casi a diario.

La mañana que se fijó para la firma del nuevo contrato, la abuela y los tíos llegaron puntuales al despacho de la notaría elegida por Vicente, cercana al local. Tras una razonable espera y extrañados de que aquel no se hubiera presentado, el tío se acercó a la cafetería a ver qué había ocurrido. Allí, Jorge, el camarero que solía ayudar en horas punta, le dijo que Vicente se había ido a su tierra, que ya se había despedido de él. Así que el tío Santi tuvo que alquilar un taxi e irse a buscar al dueño del local a Zaragoza y traerlo de nuevo a la capital para que firmara los papeles. Así fue como Zara cambió de dueño.

IV
El fin de la ilusión

La barra se parecía al mostrador de El León; la gente llegaba y pedía lo que quería, pero aquí se quedaban bebiendo o comiendo y se pagaba al final, había que ejercitar la memoria. Algunos preguntaban por Vicente y los tíos les contaban lo que había pasado. Así un día tras otro. Poco a poco fueron conociendo a sus vecinos: Manolo, el frutero, y Carmen, su mujer; Juanita la de El Inglés, la tienda de ultramarinos; Mary, la de los bolsos; Julia, la de la farmacia. Ellos, conocidos en el barrio como «los cubanos», empezaron a integrarse en aquella pequeña comunidad y a familiarizarse con los entresijos del negocio.

Trabajaban sin descanso desde las siete de la mañana hasta las once de la noche. Jorge, el ayudante de Vicente, al principio les echaba una mano en las horas de mayor afluencia a mediodía y por las noches. La freiduría continuaba sin uso, porque no podían permitirse contratar a nadie. La abuela les sugirió alquilarla y empezar a ofrecer también algo de comer, empanada o pinchos variados.

Esas Navidades, las del año 1964, dejamos Oviedo y fuimos a pasar las fiestas a Madrid, al piso de los tíos de mi tía Mary, que ocupamos por completo. Hasta una bañera llena de mantas sirvió de cuna para María por las noches. No era un viaje cualquiera: mamá y papá estaban barajando la posibilidad de abandonar Asturias y venir a instalarse a la capital. Las dificultades de gestionar solos un negocio que exigía tanta presencia física había llevado al tío Santi a hacerles la propuesta formal a su hermana y su cuñado. Inés se sintió otra vez bajo la protección de su madre y su hermano mayor, que ahora ocupaba el lugar del padre, que permanecía en Cuba. También le resultaba atractiva la idea de vivir en una gran ciudad y trabajar fuera de casa. Sabía que para papá era importante estar en Asturias, lo mucho que le gustaba Oviedo y el apego que tenía por los suyos. Eso le partía el corazón. Instalarse en Madrid suponía dejar atrás una vida que estaba empezando a echar raíces y volver a empezar en un lugar nuevo y donde estarían más solos. Pero lo conocía bien, sabía que sentiría abandonar su tierra y también que haría cualquier cosa por un futuro mejor para nosotras. Papá era muy consciente de que en las ciudades grandes se encontraban las mejores oportunidades de salir adelante, lo sabía por experiencia.

Hablaron de cómo se podrían organizar y llegaron a la conclusión de que la opción más práctica sería compartir la vivienda y que los dos matrimonios hicieran turnos rotativos en la cafetería: uno desde las siete de la mañana hasta las seis de la tarde y el otro desde las seis hasta el cierre, que nunca era antes de las dos de la madrugada e incluso más tarde los fines de semana, porque había que limpiar todo para los que llegaban temprano al día siguiente.

Como el turno de noche era más corto, pero más agotador, cada quince días cambiarían. Al principio planeaban no cerrar ningún día de la semana y en verano cada pareja se tomaría quince días de vacaciones. La otra tendría que quedarse y trabajar los dos turnos, con ayuda externa si fuera posible, aunque eso todavía estaba lejos. El cuidado de los niños recaería en la abuela, que se ocuparía de cocinar y de estar al tanto de nosotros. León, desde Bruselas, alentó y mostró su admiración por la decisión de salir adelante juntos, les dijo que un bar era un buen negocio en España y que ellos de seguro lo harían bien, porque venían de un giro[22] relacionado con la alimentación y los servicios; más adelante ya se vería. Lucky también los animó, igual que el abuelo desde La Habana, orgulloso de saber que sus hijos estaban luchando por abrirse camino. El único que no se mostró conforme con la nueva decisión familiar fue Manuel, que continuaba insistiendo en que regresaran a Cuba y se reunieran todos allí. Pero esa opción ninguno la contemplaba ya.

Pasadas las fiestas regresamos a Oviedo. Mamá llevaba algún tiempo experimentando «el fin de la ilusión», el momento de su vida en que comprendió que lo perdido, perdido estaba, que ya nada volvería a ser como ella recordaba y había deseado con tanta intensidad en secreto. Se dio cuenta de que tenía que amoldarse a la nueva realidad: dos hijas que

---

[22] *Giro*: tipo de actividad de una empresa. En este caso, la alimentación.

educar y preparar para la vida tal y como tantas veces lo había hablado con papá. Por fortuna, tenía una familia que la arropaba y una aventura profesional por delante que no era la que ella hubiera esperado, porque estudió para maestra y amaba su trabajo, pero la vida imponía sus leyes. Los dos sabían que estaban ante una decisión importante que era especialmente dolorosa para Pepe, porque le suponía dejar atrás por segunda vez su tierra y a los suyos. Por las noches se abrazaban e imaginaban cómo sería lo que les aguardaba, ese futuro del que lo ignoraban todo excepto una cosa: estarían juntos, uno al lado del otro, luchando por lo que más amaban, esas dos niñas que dormían en la habitación de al lado y que eran ahora lo más importante.

Cuando Santi los llamó para decirles que ya habían encontrado piso, decidieron que lo mejor era que nos trasladáramos a Madrid cuanto antes. Para Edelmira y Benjamín la separación fue un mazazo; mamá era para ellos como una hija, y mi hermana y yo, lo que más los ilusionaba en la vida. No era irse a Cuba, pero era estar lejos otra vez, perder los pequeños detalles del día a día juntos. Era decir adiós a las misas dominicales en la catedral o en San Juan y al paseo posterior por el Campo de San Francisco, que terminaba comiendo barquillos frente al estanque de los patos; a las reuniones familiares por cualquier motivo en el piso de Lugones; a los paseos en la bici del abuelo; a la vida cerca de la naturaleza... Eran conscientes de que todo era por el bien de las nietas y por salir adelante en un lugar con más opciones, pero eso no les quitaba la pena; la hacía más honda, porque ellos hubieran querido que fuera Oviedo ese lugar.

Asturias se convertiría para mí desde aquella despedida y durante muchos años en el lugar de las vacaciones de verano; siempre estaría verde y soleada y sería la tierra de los juegos y los descubrimientos: bichos escondiéndose entre la hierba o volando sobre el agua; los primeros enamoramientos, que nunca llegaron a salir con palabras; olores que reconozco todavía idénticos a aquellos de entonces; formas de estar sentada en la hierba o apoyada en el tronco de un árbol que no volví a repetir de manera tan natural; gente que me hablaba con dulzura, riendo y bromeando con ese acento inolvidable, que me quería porque era la nieta de Benjamín y Edelmira, la sobrina de Benjamín, la niña a la que todos conocían como «la mayor de Pepito».

Casi todo lo que teníamos entró en el coche del tío. Llevábamos bolsas y maletas, también la silla y la cuna de mi hermana y la máquina de coser de mamá. Algunas cosas tuvieron que dejarlas en casa de la abuela; ya las irían llevando cuando se pudiera. Ahora lo importante era instalarse, organizarse y comenzar. Durante el viaje, Inés y Pepe hablaron del futuro y de cómo lo imaginaban; no construyeron castillos en el aire, lo llenaron de deseos. Había que buscar un buen colegio para mí, religioso por descontado; no era importante para ellos si estaba cerca o lejos, porque sabían que había autocares que recogían a los niños, los llevaban y los traían. También estaría bien que me quedara a comer, supondría menos trabajo para la abuela. Como usaría uniforme, la ropa no sería un gasto.

—¿Nos seguiremos queriendo igual cuando trabajemos juntos? —le preguntó mamá.

—Pues claro, Inés —contestó papá, sin apartar los ojos de la carretera—. Nos querremos cada vez más.

Pero ella dudaba, sabía que el roce desgastaba, que la convivencia no era nunca fácil, y ahora sería constante, porque compartirían también el trabajo. Ella, la de las dudas; él, el de las certezas. Mamá siempre quiso trabajar. Aquella España de amas de casa la aburría, y papá, que admiraba en ella esa determinación, esa fortaleza heredada de los suyos, también hubiera querido que ella se quedara en casa y se hubiera ocupado de nuestra educación más de cerca. Pero la conocía bien y sabía que la necesitaba a su lado y que era ahí donde ella quería estar. No les gustaba separarse, discutían mucho y en ocasiones acaloradamente, pero vivían siempre pendientes el uno del otro.

V

Un mono, algunos ratones y otra hermanita

El nuevo piso estaba en la calle Oriente, muy cerca de la plaza de la Cebada. Era pequeño y sombrío a pesar de tener dos balcones a la calle. Un primero sin ascensor. A veces, en la escalera que llevaba desde el rellano del portal hasta los pisos, veíamos por las noches algunos ratoncillos correteando y saltando los peldaños como acróbatas velocísimos. En cuanto se encendía la luz, huían hacia la oscuridad y desaparecían. Nadie hacía aspavientos; los adultos intentaban disimular por no infundirnos asco ni miedo; eso pienso ahora, mientras escribo. Una noche sorprendimos en un rincón a un grupito royendo enormes mendrugos que no podían cargar. Nos miraron inmóviles por una décima de segundo, como en una escena de película, papá nos explicó que eran una familia como nosotros y que un botín semejante no aparecía todos los días. Acto seguido subimos a casa y en el peldaño se quedaron los mendrugos, que a la mañana siguiente habían desaparecido.

El piso tenía un pequeño salón que daba a la calle y un balcón que, en cuanto llegaba el calor, interminables hileras de hormigas atravesaban en fila india de un extremo a otro. Asomados a él despedíamos a los padres o a los tíos cuando se iban a trabajar. Allí lloraban de tarde en tarde mi hermana o mi primo, agitando las manitas entre los barrotes para decirles adiós, cuando los veían doblar la esquina. Yo los consolaba como podía mientras las pacíficas hormigas pasaban por encima de nuestros pies descalzos o calzados, sin variar la marcha ni romper la fila, como si alguien estuviera trazando una línea con un lápiz negro por el suelo. Una puerta corredera comunicaba la sala con un dormitorio donde había dos camas: en una dormían mis padres y en la otra mi hermana y yo. Ese mismo dormitorio tenía también un balcón a la calle y un armario en la pared opuesta, que compartía las baldas de su interior con el otro dormitorio que tenía el piso. En este, sin ventana y con una sola cama, era donde dormía la abuela Cándida. Nada nos gustaba más a mi hermana y a mí que entrar en aquel armario por nuestro cuarto. Una vez dentro, esperábamos a que la abuela abriera la puerta por su lado para coger algo y entonces salíamos corriendo, cruzábamos su dormitorio y volvíamos al nuestro. Al rato entrábamos de nuevo por nuestro lado y el juego volvía a empezar. Al final del estrecho pasillo estaba la cocina. Tenía un ventanuco en lo alto que siempre estaba cerrado y por el que se filtraba una luz mortecina y lechosa. A un lado de dicha estancia había un habitáculo con una cama pegada a la pared, sin ventana y con una cortina de flores para crear una atmósfera de intimidad: allí dormían los tíos y el primo Antón, en un capazo que ya le quedaba algo justo. Al otro lado de la cocina había un cuartito con un retrete y un plato de ducha tan pequeño que la cortina se adhería al cuerpo en cuanto corría el agua, así que cuando me duchaba la apartaba con el pie, pero entonces el agua se salía y el baño se inundaba. No recuerdo que me regañaran cuando esto ocurría, los adultos estaban siempre ocupados trabajando y la abuela cocinando o en su cuarto leyendo a Teresa de Ávila, uno de los pocos libros que poseía. Otras veces veía combates de boxeo en la televisión o corridas de toros. Casi nunca coincidían los dos matrimonios en la casa, así que la única que siempre estaba era ella y, como hablaba poco, mi hermana y yo jugábamos todo el rato cuando no había clase.

Con el tiempo y siguiendo el consejo de la abuela, decidieron alquilar la freiduría para sacar algún rendimiento económico. Era una barra algo más pequeña equipada con plancha, vitrinas para los alimentos y ganchos en la pared donde colgaban lacones y chorizos. A un lado había una habitación pequeña donde estaba la cocina, separada del pasillo de la barra por una cortina. A los pocos días de poner el anuncio, se presentó un matrimonio segoviano que llevaba algunos años en Madrid; él trabajaba de camarero y ella como limpiadora. Les gustaba la idea de ocuparse juntos de la freiduría, porque la mujer era muy buena cocinera y él sabía cómo manejar la barra, así que empezaron a ofrecer pinchos de tortilla, empanadas, bocadillos de calamares, lacón con patatas y otros platos más contundentes para acompañar a las cervezas o el vino del aperitivo. Papá y mamá o los tíos estaban en la barra y el otro matrimonio en la freiduría, enfrente. No llevaban ni cuatro meses trabajando cuando la mujer se quedó embarazada y el marido, preocupado por su salud, porque ya tenía una edad, decidió que lo dejaban y regresaban a Segovia con la familia. En vista de lo bien que iba la freiduría, mamá y la tía tomaron las riendas, primero solas y después con Adelina, una chica gallega que les llegó recomendada por Manolo, el frutero de la esquina. Era joven y había trabajado en el servicio doméstico, pero tenía ganas de cambiar y congenió muy bien con ellas. También papá y el tío contaban con Jorge en la barra, que los ayudaba en las horas punta. Este chico trabajó con ellos hasta que se casó y se fue a Zaragoza, de donde procedía, dos años después. La freiduría estaba abierta de diez de la mañana a once de la noche y la barra desde las ocho hasta las dos o las tres de la madrugada. Cada dos semanas, rotaban los turnos. En la cocina, a mediodía, mamá y la tía preparaban a veces para ellas frijoles negros, plátano frito, ropa vieja o picadillo, platillos cubanos que echaban de menos. Mientras almorzaban en la barra, los clientes se mostraban interesados en aquella comida y ellas los invitaban a probar esos nuevos sabores; así se fueron introduciendo los platos cubanos que poco a poco se mezclaron con los de aquí y llegarían a ser, con el paso del tiempo, lo más característico de la carta del Zara.

En el verano de 1965, Inés, que llevaba algún retraso en su menstruación, empezó a sospechar que estaba embarazada de nuevo y las náuseas matutinas se lo confirmaron. Una mañana se lo comentó a la abuela con cierto pesar; justo ahora que su energía tenía que estar en la cafetería, en trabajar hombro con hombro junto a papá y los tíos. Pero la abuela recibió la noticia con tranquilidad y la animó: «Los hijos vienen de Dios, siempre son un regalo, no le des más vueltas, ya verás como va todo bien. Nos arreglaremos». Y la vida siguió su curso.

Aunque la correspondencia con la familia y con los amigos era cada vez más esporádica, todos los felicitaron. Desde La Habana, el abuelo escribió que lamentaba no conocer todavía a mi hermana María y se congratulaba por el nuevo embarazo. También confesó sentirse algo cansado. Había ido al médico por un fuerte dolor en la espalda y le habían dicho que tenía dos hernias y que debería operarse. Le iban a hacer análisis para comprobar su estado general y poner fecha a la intervención en cuanto fuera posible. Cambiando de tema, comentaba que, aunque había amenaza de ciclón, el aire era suave y en el cielo las nubes y el sol se alternaban desde temprano. Sentía mucho no poder salir a pasear, su actividad favorita. La despedida estaba llena de buenos deseos para 1966, otra Navidad separados, pero siempre juntos en su pensamiento.

Teresa, desde Nueva York, le escribió a mamá para contarle que había encontrado trabajo como costurera. Se levantaba a las seis de la mañana y salía a las calles cubiertas de nieve con un aire helado, caminaba varias cuadras y tomaba la guagua que la llevaba al taller donde trabajaba ocho horas sin descanso; apenas les daban un rato para comer. Cuando llegaba a casa, estaba completamente agotada, así un día tras otro, pero con la esperanza de volver pronto a Cuba, a su Cuba, la de la eterna primavera. También le anunciaba que estaba embarazada y que iba a buscar un trabajo mejor en cuanto se le pasara el malestar de los primeros meses. Allí el trabajo no escaseaba, solo hay había que buscar.

En el mes de febrero nació mi hermana Pilar. Cuando el abuelo Benjamín se enteró de que era otra niña, les dijo a nuestros padres con su humor tierno: «Miraíla bien, hom».[23] Mamá, que trabajó hasta la víspera del parto, demostrando una fortaleza fuera de lo común, se quedó algún tiempo en casa recuperándose. Aquellas semanas extraordinarias, mi único deseo al llegar del colegio era sentarme con mi hermana María en la cama de al lado y verla amamantar a nuestra hermana, oírla cantarle nanas, ver cómo la lavaba o ayudarla a ponerle los patucos, tarea nada fácil, porque Pili no paraba de mover las piernas. Ahora, viendo aquella escena desde aquí como si fuera una fotografía, pienso que nunca volvimos a vivir momentos tan íntimos las cuatro.

Pocas semanas después llegaron noticias de La Habana. El abuelo tenía una anemia severa y debía recuperar fuerzas para someterse a la intervención de su espalda, programada, si no había contratiempos, para el mes de mayo. Mamá se sentía feliz, deseaba profundamente volver a reunirse con él. Le escribió diciéndole lo mucho que extrañaba sus conver-

[23] *Miraíla bien, hom*: «Miradla bien, hombre».

saciones, su presencia y su consejo. Le contó lo bien que iba el negocio; era duro estar tantas horas de pie, pero la gente los apreciaba y habían hecho muchos amigos en el vecindario, igual que en El León de Oro. Le repitió lo feliz que la haría que se decidiera a venir. Él le contestó, a vuelta de correo, que pensaba hacerlo en cuanto se recuperase de la operación, porque estaba deseando abrazarlos a todos y conocer a sus nietas.

En la calle, unos portales más abajo del nuestro, un domingo por la mañana se instaló un organillero. Lo vi por primera vez dando un paseo con la abuela, mi hermana y mi primo. El organillo y la vestimenta del hombre eran muy llamativos, pero lo que me cautivó fue un pequeño mono que llevaba un gorrito turco de color rojo con una borla negra y un diminuto chaleco dorado. Tenía una argolla en el cuello de la que salía un cordel que lo mantenía atado a la pata de la silla de aquel hombre, de quien no podría decir si era joven o viejo. El monito, que estaba sentado en el suelo y mordisqueaba algo, al pasar se me quedó mirando, abrió la boca sin hacer ruido, me sacó la lengua y soltó una risotada. Yo me quedé como tocada por un rayo y así hubiera seguido toda la mañana si la abuela no nos hubiera obligado a doblar la esquina camino de las Vistillas, a tomar el aire hasta la hora de comer.

Cuando regresamos, allí seguían, aunque en esta ocasión el monito se había subido a un balcón y el hombre lo estaba llamando y haciéndole gestos con las manos para que bajara, cosa que él no parecía dispuesto a hacer. De pronto alguien abrió el balcón y, de un salto, el animal aterrizó en la cabeza del organillero, a la que se agarró fuertemente; luego bajó hasta su hombro y allí se sentó a escuchar la regañina mirando hacia los lados, sacando la lengua y riendo. Desde que los vi por primera vez hasta que desaparecieron semanas después, me hechizaron por completo. Añoré mucho aquella música pegadiza y a aquel animalillo que no paraba quieto. De vez en cuando, cerraba los ojos y lo veía avanzar, agarrado a las cuerdas de la ropa tendida, hasta nuestro balcón. Entonces deseaba con todas mis fuerzas que entrase por la ventana y se durmiera acurrucado a los pies de nuestra cama, pero eso nunca sucedió.

Durante los paseos con la abuela, solíamos caminar mirando al suelo porque siempre había cosas que coger: castañas, hojas o palos con los que después jugar sobre los bancos de piedra o en la tierra del parque. El cuerpo parecía no existir, pero sí aquellos objetos que nos guardábamos en los bolsillos y transportábamos de un lugar a otro, incansables. De aquellos años recuerdo la piel áspera de las manos de papá y la suavidad de las de mamá; a la abuela lavándose el pelo en un barreño en la cocina mientras cenábamos y el ruido que hacía el agua; lo frío que estaba siempre el mármol del mostrador de la cafetería cuando apoyaba los brazos en él; el miedo que me daba aquella tapa de madera que había en el suelo al final de la barra, que dejaba al descubierto el agujero por donde papá o el tío desaparecían; lo mucho que nos gustaba mirar las tiendas cuando íbamos por la calle de un lugar a otro con mamá.

VI

El primer adiós

En el mes de mayo de 1966, de La Habana llegó una noticia devastadora; el dolor fue tan grande que los hundió a todos. El abuelo Santiago, que había superado con éxito la operación de sus hernias, había fallecido en su casa a los pocos días. No dieron detalles, hablaron de algo relacionado con la anemia. Parece ser que el postoperatorio se complicó y no pudieron hacer nada. Los mensajes de condolencia de amigos y familiares no se hicieron esperar. Los tíos estaban rotos de tristeza. Lucky, León y Manuel deseaban abrazar a la abuela más que nada en el mundo, pero estaban muy lejos. Mamá me habló de ese momento como el más difícil de su vida. Sobrevivió mucho tiempo ausente y lejos de todos, como si la mitad de su cuerpo estuviera muerta, sumergida en un pozo de sufrimiento inconsolable. En los días sucesivos fueron sabiendo que no se puso esquela; en Cuba solo había un periódico y no las publicaba. Fue enterrado en el cementerio Colón de La Habana. Teresa le escribió a mamá una carta inolvidable en la que le confesaba cómo sentía no poder acompañarla, le decía que todos sus pensamientos eran para ella, que en cuanto pudiera quería visitarla. Pero ese viaje no llegó hasta muchos años después, cuando ya las dos peinaban canas. Berta también le escribió; para ella fue como perder a alguien de la familia.

En Madrid, las rutinas de la vida continuaban sin remedio: había que levantarse cada mañana, atendernos, hacer la compra, limpiar y cocinar, ir al trabajo, sonreír a los clientes... Mamá cumplía con las tareas, pero sus pensamientos estaban en Cuba, en su casa, en la panadería. Volvía al rostro de su padre, a sus palabras, a su forma de caminar o atender el mostrador. Temió que la pena la dejase sin leche para amamantar a mi hermana; tenía los ojos enrojecidos de llorar cada noche y había perdido las ganas de comer. Una mañana, la abuela, que llevaba días envuelta en un silencio absoluto, habló con ella: «Él ya descansa, Inés, nada podemos hacer más que rezar por su alma. Tú tienes que estar fuerte para alimentar a la nena». Pero ella se movía como una marioneta, sin voluntad.

Papá no sabía cómo consolarla, nunca la había visto tan abatida. No se separaba de ella, era su forma de demostrarle que aquella impotencia también le dolía a él, que nunca se estaba preparado para los golpes de la vida. La muerte del abuelo puso punto final a la aventura cubana; a partir de aquella desgracia, todos sintieron que no había esperanza de regreso posible. Pasarían décadas hasta que un descendiente de los que se fueron visitara la isla.

ACEPTAR

I
Los cielos de Madrid

El piso de la calle Oriente se estaba quedando pequeño y la convivencia de tantos en tan poco espacio hacía que los roces fueran inevitables. Todos habían perdido intimidad y la posibilidad de vivir separados no era una opción viable económicamente. Además, los niños nos criábamos como hermanos y la abuela no habría podido estar de una casa a la otra para ocuparse de nosotros, así que se pusieron a buscar una vivienda más grande, un piso para los nueve. Gracias a un arquitecto cubano amigo de León que era cliente del Zara, tuvieron noticia de un ático que cumplía con los requisitos que necesitaban y, a pesar del precio, muy por encima de sus posibilidades, decidieron visitarlo. Lo que más les gustó fue que tenía una gran terraza y estaba cerca del Retiro. Era un salto importante, de un barrio popular a uno residencial. Todos eran muy conscientes de que el esfuerzo económico sería inmenso y de que tardarían años en hacerse con él, pero trabajar no les asustaba y endeudarse tampoco;

lo único importante era tener salud. Así que, a principios del otoño de 1967, nos cambiamos de casa.

El nuevo piso eran en realidad dos que se comunicaban por la terraza. Al salir del ascensor había una puerta a la derecha que daba a un pequeño apartamento donde instalaron a la abuela y otra a la izquierda por la que se accedía a la vivienda principal, la tradicional de los sesenta: un largo pasillo que comunicaba el salón con la cocina, el comedor y los dormitorios, que estaban al fondo. La escasez de muebles dejaba mucho espacio libre; todavía no había alfombras ni cortinas.

Desde la terraza, que rodeaba la mayor parte de la casa, se veía un paisaje de tejados y chimeneas, la cúpula de San Manuel y San Benito y, a lo lejos, las montañas de la sierra norte con sus cumbres nevadas. Fue un espacio del que los niños nos apropiamos de inmediato. Con el tiempo, colocarían una malla metálica por toda la barandilla, para evitar que nos asomáramos más de la cuenta. La abuela plantó algunos esquejes en latas de conserva vacías que le traían de la cafetería: las agujereaba por debajo y las rellenaba con tierra que cogía del Retiro. Poco a poco empezaron a florecer geranios rojos y blancos y también unos arbustos de hojas pegajosas donde las arañas tejían sus redes, que nosotros deshacíamos y ellas volvían a tejer, incansables. También cultivó en sus macetas perejil, romero silvestre y bulbos que le daban de vez en cuando los jardineros del parque. Ella los envolvía en hojas ya leídas del periódico y los llevaba a casa. Algunos llegarían a crecer y otros no, pero irían dibujando un paisaje inconfundible, un personalísimo mapa vegetal, al principio, de Madrid y sus alrededores y, con el paso de los años, de los lugares de vacaciones: hortensias y flores silvestres de Asturias, rosales de Oropesa del Mar, chumberas de Cartagena y buganvillas de Denia que poblaron el suelo y los muros de la terraza y le dieron un aire campestre a aquel lugar mágico que pertenecía más a los tejados que a las aceras.

Insectos voladores; pájaros que cruzaban velozmente sobre nosotros cuando se acercaba la primavera; nubes blanquísimas en verano o cargadas de lluvia en otoño, y, como telón de fondo, aquellos cielos grises, anaranjados, rojos, violetas y amarillos al amanecer o al atardecer que tantas veces nos quedábamos mirando entre juego y juego sin poder todavía nombrar lo que teníamos encima. Podría parecer más bien que éramos contemplados en nuestros afanes infantiles por aquella gasa de aire azul que nos envolvía.

Todos estábamos mejor, notábamos los efectos benéficos del nuevo espacio. Los tíos se instalaron en el dormitorio del fondo del pasillo, que compartía baño con otro más pequeño, donde acomodaron al primo Antón. La habitación principal la ocuparon papá y mamá y allí llevaron también la cuna de nuestra hermana. En lo que debió de haber sido el comedor, que era la pieza más grande de la casa y se encontraba al otro lado de ese dormitorio, colocaron dos camas y un armario para mi hermana María y para mí. Más adelante llegaría una tercera cama, una mesa para estudiar y estanterías para libros.

El salón era el único espacio común además de la cocina y la terraza. Se accedía a él nada más abrir la puerta, no disponían de recibidor. Al principio, había una mesa que tenía debajo dos tableros que se sacaban si era necesario, seis sillas y un sofá cama. Con el tiempo comprarían una televisión, algunas sillas más, una mecedora para la abuela y un aparador-estantería de color marrón oscuro, el mueble más elegante de la casa, donde se guardaba la vajilla que sacaron de Cuba y que luciría en la mesa familiar todas las Nochebuenas y Nocheviejas de nuestra vida, únicamente esas dos noches, año tras año. En las estanterías irían apareciendo libros que compraban a plazos: enciclopedias juveniles, el diccionario Espasa, clásicos encuadernados en piel de colores con letras doradas en la cubierta y nombres como Shakespeare, Cervantes, Dante... Demasiado altos y serios, ajenos todavía a nosotros, pero ocupando su lugar en aquel mundo que querían ofrecernos, un mundo de oportunidades, de conocimiento, de sabiduría, de todo aquello que, pensaban, marcaba la diferencia entre los que podían llegar a algo en la vida y los que no. Junto a la cocina había también una habitación de servicio con un pequeño aseo.

Inés tenía temor a embrutecerse, sentía que el trabajo manual que le ocupaba casi todo el tiempo del día y la dejaba agotada cuando llegaba la noche la alejaría de forma irremediable del mundo de las ideas, de la cultura, del pensamiento crítico. Había descartado llegar a ejercer su profesión, pero añoraba mucho conversar de temas interesantes, ir al cine, pasear con Pepe a solas, sin prisa, y hablar con él de lo que quería, de lo que les interesaba a ellos, de nuestra educación, de sus convicciones y sus dudas. El presente y sus urgencias se lo tragaban todo y la energía, siempre limitada, estaba centrada en lograr lo necesario para el sustento de la familia. Sus hermanos León y Manuel se habían casado; la correspondencia ya no era tan frecuente como antes y echaba de menos sus confidencias. Le hubiera gustado poder sincerarse, abrir su corazón, pero las amigas estaban muy lejos y por carta no era fácil; lo último que quería era abrumarlas o preocuparlas. Todo se había enfriado.

De vez en cuando, al volver del colegio, mamá me llamaba a su cuarto, me invitaba a sentarme con ella y me hablaba de mi papel como hermana mayor y de las cosas que ella y papá esperaban de mí. Siempre nos sentábamos igual, una al lado de la otra, muy juntas. Me explicaba que debía servir de ejemplo a mis hermanas y llevarme bien con las compañeras de clase y las profesoras. Yo la escuchaba paciente, como la buena hija que quería ser, pero al mismo tiempo tenía ganas de levantarme y salir corriendo, porque lo que debían de ser unos pocos minutos a mí me parecían horas. En nuestros juegos de imitación a la vida, yo también sentaba a mis hermanas y al primo y les hablaba a saber de qué cosas, reproduciendo aquellas charlas que vivía junto a mamá. También ellos escapaban en cuanto yo bajaba la guardia o nos cansábamos todos.

Fermín y Bille, que se habían establecido en Puerto Rico, venían a menudo a España a ver a la familia y siempre nos visitaban. Lin y Purita, su esposa, se instalaron en Madrid después de un breve paso por Cantabria y matricularon a sus dos hijos en el mismo colegio al que íbamos nosotros. Como teníamos edades parecidas, nos hicimos amigos enseguida. El hermano de Fermín, Mario, sí se quedó en Madrid con su esposa, Hilda, y sus tres hijos. Con los años, las tres familias nos reuníamos en verano y a las afueras de la ciudad, en piscinas o espacios verdes para que nosotros pudiéramos jugar y ellos hablar con tranquilidad. También el primo Tino pasó por Madrid cuando pudo salir de Cuba y estuvo en nuestra casa. Su idea era establecerse en Miami, pero la abuela intentó disuadirlo: «Mejor ve a Nueva York, el dinero está en el frío». Él le hizo caso a su tía y tuvo suerte. Allí completó sus estudios de contabilidad y entró a trabajar en un banco al poco tiempo. En una ocasión me confesó que nunca había olvidado aquellas palabras de su admirada tía Cándida.

Papá no tenía mucho tiempo para dibujar, pero su mirada seguía siendo fresca y creadora. Cuando nos llevaba al Retiro, nos hablaba de los árboles que perdían las hojas en invierno y de los que no, y nos los señalaba. También recogíamos castañas para asarlas en casa; nos llenábamos los bolsillos y los pasamontañas. La mayoría no las podíamos comer porque estaban muy duras, pero no importaba, el olor que salía de la cocina alimentaba igual. Otras veces montábamos en las barcas del estanque y remábamos por turnos mientras él nos guiaba. Casi no podíamos levantar los remos de lo que pesaban, pero nos peleábamos por cogerlos y hacerlo bien. Recuerdo cómo nos asustaban las carpas gigantes que subían de vez en cuando a curiosear y luego se hundían de nuevo en el agua, con aquellas barbas...

El Retiro fue una segunda casa para nosotros. En la Chopera, un espacio reservado para montar en bicicleta, pasamos tardes enteras dando vueltas o haciendo carreras mientras papá nos miraba, sentado en un banco de piedra, o nos seguía a corta distancia por si nos caíamos. Los sábados por la mañana, la abuela se sentaba cerca de la fuente de las Sirenas, frente a San Manuel y San Benito, y leía el periódico mientras jugábamos. De vez en cuando levantaba la vista y, cuando nos localizaba, la bajaba otra vez y seguía leyendo. Aquel parque no se parecía mucho al de hoy: había chicas con carricoches paseando a bebés, guardias vigilando, policías a caballo por los senderos, algún jardinero rastrillando o plantando, todos uniformados. También había niños jugando entre los arbustos, igual que nosotros, intentando trepar a los árboles, mojándose los brazos en la fuente cuando nadie miraba o pescando renacuajos en las charcas entre la maleza. Un mundo de olores, de sombras, de cosas pequeñas que encontrábamos y que, si nos parecían valiosas, enterrábamos y cubríamos con piedras hasta la semana siguiente, solo por comprobar si seguían allí donde las habíamos escondido.

A veces nos llevaban a la Casa de Fieras, que estaba al otro lado del parque y era un mundo en sí misma. Una vez dentro, corríamos al foso de los monos, que nos hechizaba desde que apoyábamos el cuerpo en la baranda. En el centro había un árbol enorme rodeado de agua al que se subían y luego atravesaban saltando de una rama a otra. Se colgaban de los brazos y de pronto soltaban uno y balanceaban el cuerpo como si fuera un péndulo o usaban el rabo para engancharse a otra rama más alta y al momento estaban sentados. Veloces y parsimoniosos al mismo tiempo, miraban fijamente y, un instante después, ya estaban observando otra cosa. No debía de gustarles mucho estar metidos en aquella pecera a la vista de todo el mundo. Era un lugar triste que olía mal, pero a mí me entusiasmaba. Tal vez ese olor fuera lo único que les quedaba de lo que habían sido alguna vez. Nuestras visitas no eran muy largas, pasábamos rápido por delante de las jaulas. Años después, cuando visité el parque de Cabárceno, en Cantabria, me sorprendió no ver a ningún animal. Me explicaron que a veces estaban en sus cuevas y había que esperar a que asomaran. Me acordé entonces de aquellos que solo por las noches dejaban de tener barrotes ante los ojos. No me importó haber pagado y no verlos; pensé que, si hubiera nacido leona, elefanta o jirafa, también yo habría preferido ocultarme. La exposición de aquellos animales enjaulados de la Casa de Fieras de mi niñez me pareció de pronto una obscenidad.

Pasaban los días, las semanas y los meses. Se sucedían las estaciones, ajenas a nuestros quehaceres infantiles. Durante los inviernos, cuando los días eran cortos y fríos, a veces aparecían en el suelo de la terraza pájaros negros y duros como piedras, urracas tal vez, desparramados por ahí. La abuela los cogía y los llevaba a la cocina, calentaba agua en una enorme olla y los sujetaba encima de la espesa nube de vapor que iba subiendo hasta que los traía de nuevo a la vida. Poco a poco movían las patas y luego abrían los ojos. Era como un milagro. Después los iba metiendo despacio en la jaula donde había vivido el último jilguero del tío Santi, en la que casi no cabían, y allí permanecían inmóviles y apretujados, agarrados con las patas a los barrotes diminutos, recuperando las fuerzas perdidas antes de que la abuela los lanzara a volar de nuevo bajo aquel sol lechoso.

Una anciana-maga que obraba prodigios; un padre que amaba la naturaleza y trataba de contagiarnos ese amor con un entusiasmo incansable; una madre preocupada por nuestra formación que intentaba despertar en nosotros interés por el conocimiento; una tía diligente, casi siempre callada; un tío bondadoso que cuidaba de sus jilgueros cantores, y por debajo, sostenido en el tiempo, el trabajo incesante, extenuante y ejemplar que juntos llevaban a cabo.

II

Huéspedes entrañables, guerras de agua y Carmiña

A veces aparecían por casa personas que venían de Cuba y pasaban algún tiempo con nosotros a la espera de papeles, visado o algún otro documento que les permitiera seguir viaje a Estados Unidos. Casi siempre eran mujeres y llegaban con poco equipaje. Solían dormir en una camita plegable en el cuarto de la abuela o en el sofá cama del salón, que se trasladaba a nuestro dormitorio en aquellas ocasiones y, cuando estaba abierto, casi no nos dejaba sitio para pasar, así que saltábamos por encima para ir de un lugar a otro. Todas aquellas personas contaban cosas. Me gustaba mucho su forma de hablar, aquel acento sonoro y dulce, que era como el de mamá, pero más marcado y lleno de expresiones surrealistas como «le zumba el mango», que es muy común allá, algo así como «es increíble»; o también «lo estuve esperando ratón y queso», para indicar que la espera fue larga, o la que le oí a una amiga de la abuela y nunca he olvidado: «Al que nace pa tamal, del cielo le caen las hojas»,[24] seguida de una sonrisa muy enigmática que Cándida correspondió asintiendo con la cabeza.

Me viene a la memoria Salomé, cocinera de El León de Oro, que se puso a llorar delante de una manzana que la abuela le ofreció de postre una noche; o María, íntima amiga de la abuela, que me regaló un frasquito de perfume que aún conservo, algo muy querido que sacó de Cuba oculto entre su escaso equipaje y que me regaló porque, me dijo, ella ya no tenía para quien perfumarse; o Rosa, la sobrina nieta del abuelo, que había vivido en El León de Oro y nos visitó con su hija Rosita. La niña no se despegaba de su madre; nos miraba jugar, pero no se acercaba y, cuando la abuela le preguntaba algo, se quedaba callada. Una tarde que hacía mucho calor, estábamos organizando en la terraza un juego con el que nos refrescábamos. Llenábamos de agua cacerolas, barreños de lavar, cubos y todo lo que encontrábamos a mano, después nos quedábamos en ropa interior, nos dividíamos en dos bandos y a una señal comenzaba «la guerra», que consistía en echarnos el agua por encima unos a otros con la mayor bulla y rapidez posibles. Todo acababa mojado, resbalábamos, caíamos y nos volvíamos a levantar completamente empapados; aunque aquel juego debía de durar apenas unos minutos, la sensación que tengo ahora es haber pasado horas jugando, chorreando y gritando. Una de esas tardes, Rosita, que estaba mirándonos, de repente se quitó la ropa y, sin más

[24] *Al que nace pa tamal, del cielo le caen las hojas*: refrán que alude a la creencia popular de que el destino es inmutable y el universo colabora para que se cumpla. Los tamales son un plato típico del centro y el sur de América, elaborado con una masa de harina de maíz, que admite una gran variedad de ingredientes.

preámbulo, se unió al juego; a partir de ese momento, fue una más. Días después, ella y su madre se fueron a Nueva York, donde las esperaba el esposo de Rosa, y ya no volvimos a verlas.

Las paredes de la casa se fueron poblando de imágenes y objetos, como un mapa en relieve de Cuba, con sus montañas y ríos, el primer lugar donde busqué el nombre «Sierra Maestra» cuando empezó a interesarme la historia de Fidel Castro; o un cuadro hecho con recortes de fieltro que representaba a campesinos con el traje regional asturiano, bailando al son de las gaitas. También había una lámina que papá adquirió en el Prado y mostraba en primer plano a unos bueyes cruzando un río y, al fondo, una cabaña con humo saliendo de la chimenea y muchos árboles. En el salón, había algunas fotos familiares que nos hicimos en un estudio de la calle Montera al gusto de entonces, todos con cara de no haber roto un plato. Ahora me parecen entrañables, pero en aquellos años no las miraba mucho, igual que tampoco prestaba atención a los retratos que habían traído de Cuba los abuelos de ellos, los tíos y mamá cuando eran jóvenes. Los mismos que ahora guardo como reliquias. De cada viaje o excursión, regresábamos con figuritas u objetos que se ponían en algún lugar de la cocina, del salón o de los dormitorios: ceniceros, botijos de colores, platitos con el nombre del lugar visitado, botellas de moscatel con forma de casa o racimo de uvas, posavasos que no recuerdo haber usado jamás con fotos de la Alhambra, Peñíscola o Covadonga... A mis amigas del colegio, que solía invitar a casa, todo aquello les resultaba fascinante, igual que la música de la orquesta Aragón, Benny Moré o Celia Cruz que el tío Santi ponía los domingos después de misa mientras leía el periódico, y que sonaba toda la mañana y a veces también durante las comidas o por las tardes si había visita o se celebraba algo. En ocasiones, con el periódico en la mano, el tío Santi recorría bailando la distancia entre el salón y la cocina cuando iba a por alguna cosa. Aquella música estuvo presente mientras fuimos pequeños como un telón de fondo, era algo importante para ellos, un resto nunca olvidado de su juventud habanera.

Por la cafetería iban muchos cantantes que les regalaban sus discos y con el tiempo instalaron allí una gramola, que ellos llamaban «vitrola». Funcionaba con monedas y se seleccionaban las canciones pulsando teclas con letras y números. En cuanto el ambiente se animaba, los clientes ponían música y a veces también bailaban. La gramola y una máquina llamada pinball, que lanzaba hacia arriba bolas cromadas haciendo mucho ruido y tenía luces por todas partes, eran los principales atractivos para nosotros durante los ratos que pasábamos allí. Había también un teléfono negro que parecía sacado de una película de Bogart. Funcionaba con fichas y tenía un canal transparente donde se acumulaban. A medida que pasaba el tiempo iban cayendo a un cajetín oculto. Cada vez que caía una ficha, se cortaba un poco la comunicación, así hasta que se acababan y entonces tenías que meter más si querías seguir hablando. Casi nunca daba tiempo a despedirse o había que hacerlo a toda prisa.

Para ayudar a la abuela con las faenas de la casa llegó a finales de los años sesenta Carmiña, hermana de Adelina. Era una mujer de ojos clarísimos y pelo rubio encrespado, alta y fuerte, que hablaba un gallego muy peculiar y lograba, con la dulzura de su lengua natal, volver cantarín el castellano. Empezó ayudando en las tareas domésticas, pero pronto se incorporó también a Zara en las horas de más trabajo para echar una mano a mamá y a la tía en sustitución de su hermana, que regresó al pueblo. A veces, por las noches, solíamos ir a su cuarto, que estaba junto a la cocina, y nos sentábamos en su cama un ratito mientras ella ordenaba su ropa o miraba fotos. Le gustaba cantar. Recuerdo algunas estrofas de un romance muy triste que hablaba de dos jóvenes que se amaban y que terminaba mal, sobre todo para ella. Años después lo busqué, porque recordaba los primeros versos, y me emocionó leerlo completo. Es un texto muy antiguo, que Carmiña cantaba saltándose muchas estrofas, supongo que porque no las conocía. Su versión, que amo tal y como ella la pronunciaba, la recuerdo así:

Eran dos jovincitos que se quirían,
había cinco años que pertendían.
Ella lo amaba, ella lo amaba,
pero él era un tonante que la engañaba.
Dime lo que te pasa, que estás tan tristi,
lo que a mí pasa, Adela, voy a dicirti (bis):
que no te quiero, qu'io quiero a otra,
que mis ojos han visto otra más hermosa.
Al oír estas palabras se desmayó,
y Juan, que estaba al lado, la abandonó.

Salió su madre, que bien la amaba,
la tomó entre sus brazos, la metió en cama.
Madre, qué hermosa noche, cuántas estrellas,
ábrame la ventana qu'io quiero verlas (bis).
No, hija mía, no, hija mía,
que el frío de la noche te mataría.
Si vien Juan a vereme, después de muerta
no le deje que pase de aquella puerta (bis).
E si pasara, e si pasara,
no le deje que bese mi linda cara.
A las seis de la tarde salió el entierro,
Juan, que estaba en la puerta, se metió dentro,
se metió dentro, se arrodilló
y miraba un retrato que ella le dio.

Su voz aguda y un poco melancólica casaba muy bien con aquella letra tan triste. A veces le pedíamos repetirla y lo hacía muchas veces, con gusto por complacernos. A ella le debo la primera intuición que tuve de Galicia, una tierra poética pero dura, cuyas mujeres se veían obligadas a marchar en busca de mejores condiciones de vida, como les ocurrió a Carmiña y a su hermana Adelina.

De aquella casa que estuvo siempre tan llena de vida y de aquellos años que se fueron para no volver, guardo con especial cariño el recuerdo de abrir un libro, empezar a leerlo y no poder parar hasta el final. Era *Las aventuras de Ulises, rey de Ítaca*, una versión de la *Odisea* adaptada para niños que me había regalado el tío León. Tumbados en la terraza, mirábamos las nubes y veíamos en ellas al gigante de un solo ojo, Polifemo, y también a Argos, el perro de Ulises. Las baldosas del suelo se mantenían calientes después de que se hubiera ocultado el sol y daba gusto sentir aquel calor en todo el cuerpo mientras el cielo se oscurecía y las nubes se volvían moradas. Allí permanecíamos hasta que la abuela nos llamaba uno a uno por nuestro nombre y teníamos que entrar en casa a cenar.

III

Gol, Pollo, Fredy... y otros amigos

Tal vez porque así lo vivió de niño en su familia, a papá le gustaban mucho los animales y siempre intentaba que en casa hubiera alguno, aunque no contara con el apoyo de la abuela Cándida ni de los tíos. Mamá no se oponía, pero tampoco daba facilidades. Tuvimos un hámster que murió aplastado por una puerta. Nos pareció buena idea soltarlo un rato un día de mucho viento y pasó lo que nadie pudo prever. También recogíamos palomas heridas por la calle que llevábamos a casa y, cuando sanaban o mejoraban, liberábamos en el Retiro. El tío Santi tuvo jilgueros cantores que sacaba a la terraza de día y metía en casa por las noches. Los domingos después de misa le gustaba leer el periódico sentado al sol, escuchando sus trinos. Y tuvimos un perro al que llamamos Gol, que mis abuelos Edelmira y Benjamín trajeron de Lugones unas Navidades en una caja. Era blanco y negro y desde el momento en que asomó la cabeza se hizo un hueco entre nosotros. A pesar de ser el mejor regalo que habíamos tenido nunca, no pudo quedarse porque creció demasiado, y eso que al abuelo le habían asegurado lo contrario. Así que a finales de la primavera vinieron a buscarlo para llevarlo de vuelta al pueblo. Aún me duele recordar la pena que sentimos cuando nos separaron de él, cómo lloraba sin consuelo mi hermana María, a la que tuvieron que arrancárselo de los brazos. Cuando fuimos en verano, el abuelo nos llevó a verlo. Estaba amarrado a un palo en el corral de unos vecinos y no sé si nos reconoció, pero nosotros nos abalanzamos y él se puso muy contento. Poco nos duró la felicidad, porque esa fue la última vez que lo vimos. Todo pasaba rápido, nada duraba mucho. La vida era un torbellino de emociones y sucesos.

Una mañana de domingo en el Rastro, nos compraron dos pollitos negros que al llegar a casa metimos en una caja con tiras de periódicos. Los colocamos debajo de un radiador para que no pasaran frío y de vez en cuando los sacábamos para darles de comer migas de pan y que corrieran un poco. Algunos días después, uno de ellos murió sin que supiéramos por qué. Lo enterramos en una de las macetas de la abuela Cándida en la terraza: cavamos un agujero, lo metimos allí, lo cubrimos con tierra y pusimos hojas y palitos por encima. Aún hoy, si me encuentro un animalillo muerto por la calle, procuro llevarlo a algún lugar tranquilo y cubrirlo, aunque sea con hojas, piedras o lo que encuentre a mano. El otro creció, se hizo grande y fuerte y tomó posesión de la terraza, por donde corría a sus anchas. Nuestra diversión favorita al regresar del colegio cada tarde era llamarlo y dejar que nos persiguiera e intentara picarnos en las pantorrillas, cosa que rara vez lograba, porque nos subíamos a los alféizares de las ventanas o lo apartábamos con las carteras, excitados y jubilosos por darle esquinazo.

Un día salimos a buscarlo, pero no aparecía por ningún lado. Miramos por la casa, donde a veces se colaba, hasta que nos cansamos y nos pusimos a hacer otra cosa. A la hora de cenar, fui a la cocina a tirar algo al cubo de la basura y al abrir la puerta del armario me encontré con el cuello y la cabeza de nuestro «Pollo», que así lo llamábamos, con los párpados semicerrados y el pico abierto, entre mondas de patata y zanahoria. Solté la puerta y salí corriendo a la terraza con el corazón acelerado. Me senté un rato en el suelo frío y deseé con todas mis fuerzas que el pollo asomara por una esquina del muro como hacía siempre, con la cabeza hacia delante, corriendo con sus pasos largos de un lado a otro a toda velocidad. Pero no pasó nada. Cuando vinieron a buscarme mis hermanas y mi primo para cenar, se lo conté. Aquella noche, a pesar de la insistencia de la abuela, no fuimos capaces de tragar más que unas pocas patatas. Ella no nos obligó, ni se enfadó ni nos pellizcó, como hacía otras veces si no queríamos comer. Ni una palabra del «Pollo». En un momento dado, nos levantamos uno tras otro y la dejamos sola en la cocina. Ella terminó de cenar, fregó los platos y se fue a ver un rato la tele antes de acostarse, como era su costumbre. Nosotros estuvimos llorando; no nos acercamos al cubo y juramos no comer pollo nunca más. Pero al día siguiente nos vestimos para ir al colegio, desayunamos y cargamos con nuestros libros por las calles de siempre, hablando de todas esas cosas que se llevan en el corazón cuando se es niño y todavía se están probando las palabras, escuchando cómo suenan y dónde caen, dejando que la vida suceda y sucediendo en ella, sin saber muy bien lo que pasa y sin ninguna preocupación por el futuro.

Una tarde, al volver de la cafetería, papá se abrió la chaqueta y vimos un gatito que de espaldas se agarraba con las uñas al bolsillo de su camisa. Tenía las patas delanteras abiertas y el resto del cuerpo colgando. Era amarillo y emitía un sonido que daba ganas de cogerlo y abrazarlo. Nos dijo que se lo habían regalado en el mercado y que lo querían para cazar ratones en el sótano de Zara, pero como era muy pequeño se quedaría en casa hasta que creciera y pudieran llevárselo. Cuando pronunció el final de esa frase, ya pasaba de mis manos a las de mis hermanas y mi primo y lo besábamos y acariciábamos sin parar.

Durante días, nos turnábamos para darle su plato de leche o dormir con él, que escapaba y se escondía, cosa que no podíamos entender y acuciaba nuestro deseo de jugar con él todo el tiempo o tenerlo cerca. Propuse que lo llamáramos Fredy, por un personaje de la tele, una flauta parlante que salía en una serie que protagonizaba el actor Jack Wild, un chico que me parecía guapísimo, y para hacerlo más interesante y ceremonioso organizamos un bautizo en toda regla y decidimos llamarlo Federico Napoleón I, que sonaba impresionante. Le improvisamos una pequeña capa con un paño de la cocina y lo llevamos en procesión por la terraza hasta el grifo de la manguera para mojarle la cabeza; él salió corriendo y se metió en casa. Nosotros lo perseguimos, porque nos habíamos quedado a mitad de la ceremonia, pero él se escondió debajo de la cama de los tíos y si intentábamos cogerlo nos arañaba, así que lo dejamos en paz y nos dedicamos a escribir en una hoja quemada por los bordes, para darle aspecto de pergamino, que aquel día habíamos bautizado a nuestro gato. Luego la firmamos los cuatro y la guardé. En algún lugar la conservo todavía.

Fredy creció y se convirtió en un gatazo rubio que más parecía un cachorrito de gato montés que un animal doméstico. Se escondía detrás de las puertas y se lanzaba a nuestros tobillos, que agarraba con las uñas y mordía con fuerza; creo que era su forma de vengarse de nuestras travesuras o de jugar con nosotros, quién sabe, pero las heridas que nos hacía, que muchas veces se infectaban, dolían mucho y su astucia nos obligaba a caminar despacio y con temor cerca de las puertas. Por suerte se pusieron de moda las botas camperas y descubrimos que eran el remedio perfecto; las usábamos en lugar de las zapatillas y así lográbamos enfrentar sus ataques sin que nos hiciera daño, hasta que se aburrió o decidió que aquella piel tan dura no era agradable de morder y dejó de hacerlo. Nunca cazó ratones en el sótano de la cafetería. Hasta la abuela llegó a encariñarse con él y lo dejaba subir a su regazo cuando se sentaba en la mecedora a ver combates de boxeo en la tele. Fredy se le iba escurriendo de la falda hasta que acababa en el suelo. Solo una vez, un verano, se escapó saltando al tejado de la casa vecina. Ya lo dábamos por perdido cuando apareció semanas después, una mañana, con un tajo sangrante en el cuello y tan flaco que no parecía él. Fue tío Lucky, que pasaba el verano con nosotros, el primero que lo vio. Papá le curó la herida y le puso una venda alrededor del cuello; tenía la tripa colgando como un pellejo fofo y una mirada muy triste; lo único que parecía necesitar era estar tumbado y dormir, y eso es lo que hizo durante todo aquel día. Por la noche bebió un poco de leche y otra vez a dormir. Así fue poco a poco recuperando las fuerzas, hasta que volvió a ser el de siempre, pero, eso sí, se acabaron de por vida las aventuras por los tejados del barrio.

Los años pasaron, nosotros crecimos y él se fue haciendo viejo. Una mañana lo encontramos tieso y frío debajo de la cama de nuestros padres, su lugar favorito de la casa, donde le gustaba echarse a tomar el fresco en las noches de verano.

A pesar de que muerto se había quedado mucho más pequeño, no cabía en las macetas de la abuela, así que intentamos llevarlo al Retiro, pero mamá y la tía nos disuadieron y se deshicieron de él sabe Dios cómo. Cuando tropiezo con una foto suya entre mis papeles, lo imagino saltando al tejado de la casa vecina y aventurándose por ahí, silencioso y tranquilo, sentado sobre las tejas y moviendo el rabo, cerca de los pájaros a los que tanto le gustaba mirar. Antes, claro está, del episodio que casi lo mató y lo volvió casero hasta el final de sus días.

IV

Tiempo de vacaciones

La cafetería cerraba algunos días al año, como la noche del día de Nochebuena, que en casa era todo un festín. Solían venir los abuelos de Lugones. Y, en alguna ocasión, mis padres se presentaron con algún invitado de última hora que se traían de la cafetería, para que no cenara solo. Las abuelas compartían las tareas de la cocina y, después de cenar los callos o la fabada de Edelmira y el flan con coco o el pudin de Cándida, se cantaban villancicos y canciones asturianas que mi hermana María y yo acompañábamos con la guitarra. A las doce íbamos a la misa del gallo a San Manuel y San Benito. Solíamos llegar tarde y algo excitados por la cena, los cánticos y el ajetreo del día. Seguramente, los adultos agradecían aquel rato de paz después de la vorágine, la música del órgano que llenaba la iglesia y el olor a incienso y a flores que templaba los nervios. También cerraban el día de Navidad y el de Reyes, la festividad más inolvidable del año para nosotros. Todo empezaba con unas cartas ilustradas o decoradas con purpurina en los márgenes que mamá o la tía nos entregaban en blanco en cuanto llegaban las vacaciones escolares. Primero había que escribir en ellas una lista de méritos que nos hiciera dignos de lo que después íbamos a pedir. Yo, que nunca fui buena estudiante de niña, ponía lo que se esperaba de mí, sin remordimientos ni falsedad, omitiendo con mucho tacto el espinoso tema de las calificaciones y haciendo hincapié en mi buena conducta o en lo mucho y bien que a mi juicio había cuidado de mis hermanos. Nos pasábamos los días siguientes hablando entre nosotros y también con los adultos de lo que queríamos, peleando cuando había coincidencias: la misma muñeca o el mismo juego. Por alguna razón, nos decían que pidiéramos cosas diferentes. Cuando las cartas ya estaban cerradas, las echábamos al buzón, aprovechando cualquier recado, y ahí comenzaba su andadura hacia Oriente. Papá nos contaba que primero iban en barco hasta Arabia y después se cargaban a lomos de camellos que atravesaban el desierto en largas caravanas hasta los palacios de los Reyes Magos, que eran como la Alhambra de Granada y estaban llenos de patios, fuentes y jardines maravillosos. Allí las cartas se ordenaban y se iban abriendo y leyendo una por una con la ayuda de cientos de pajes. Luego se colocaban los regalos en cestas enormes que se subían a lomos de camellos, dromedarios, avestruces o elefantes y así aguardaban hasta el 5 de enero. Ese día, en cuanto se ocultaba el sol, se ponían en movimiento las tres comitivas reales, que durante la noche se dispersarían por todo el mundo utilizando caminos mágicos, por el cielo y entre las nubes, para no ser descubiertas.

Todos los 5 de enero por la tarde, íbamos a la cabalgata que recorría las calles de Madrid, desde el llamado paseo de Coches del Retiro hasta la Puerta del Sol. Muchas veces bajo la lluvia o la nieve. Papá nos llevaba y, subidos a la reja que rodea el parque, frente a la iglesia de San Manuel y San Benito, contemplábamos las variopintas carrozas, que iban llenas de gente tirando caramelos. Había bailarinas, saltimbanquis, enanos, bandas de música que tocaban villancicos y, al final, los ansiados Reyes Magos, que los niños recibíamos con aplausos y vítores. Cuando el desfile se alejaba por la calle Alcalá hacia la plaza de Cibeles, nos íbamos a casa a cenar y a intentar dormir, cosa que resultaba muy difícil. La tía o mamá, dependiendo del turno que tuvieran, eran las encargadas de acostarnos, no sin antes dejar agua a los camellos, unas copitas de anís o coñac a los Reyes, un plato con galletas por si tenían hambre y nuestros zapatos limpios en el salón, para que supieran cuántos niños había en la casa y dejaran a cada uno lo suyo. Luego llegaba el tormento de intentar conciliar el sueño, que era, nos decían, condición indispensable para que se cumpliera el milagro de la noche. El primo Antón, que no podía soportar la tensión de la soledad, venía a nuestro cuarto y se tumbaba en el sofá cama reservado para las visitas. Allí permanecía hasta que se nos cerraban los ojos a los cuatro de puro agotamiento. Luego la tía o mamá le echaban unas mantas por encima y, por no despertarlo, lo dejaban dormir en nuestra habitación.

Cuando la pareja que hacía el turno de noche llegaba de madrugada, despertaba a la otra y los cuatro se ponían, sin hacer ruido, a colocar los juguetes que habían escondido semanas atrás en los altillos de los armarios por toda la casa. Se bebían las copas y mordisqueaban las galletas, vaciaban un poco los cubos y dispersaban algo de tierra alrededor de ellos por la terraza para que pareciera que los camellos habían pasado por allí. Luego se iban a la cama, a esperar las primeras luces del alba, que no tardaban mucho en llegar, y con ellas el grito inconfundible que el primero de nosotros en abrir los ojos lanzaba: «¡Los Reyeees!». Y, como si tuviéramos muelles en el cuerpo, los cuatro saltábamos de la cama, íbamos a despertarlos y corríamos pasillo abajo seguidos por ellos, que no querían perderse la cara que se nos ponía cuando abríamos la puerta del salón y contemplábamos aquella cueva de Alí Babá llena de tesoros.

Cada uno tenía sus regalos y eran tantos que nos pasábamos un buen rato abriendo paquetes. Había serpentinas por todas partes y purpurina amarilla sobre las cajas que las hacía brillar como si fueran de oro. Nuestros zapatos estaban llenos de caramelos, bastoncitos o sifones de anisetes y monedas de oro de chocolate. Un sueño convertido en realidad que regresaba cada año por un día. Más tarde se levantaba la abuela y nos preparaba chicharrones de pollo, una especialidad suya de reminiscencias cubanas que consistía en la piel del pollo frita con ajo y nos encantaba. El resto del día nos lo pasábamos en pijama jugando mientras nuestros padres dormían y la abuela leía o veía la tele. También había un roscón en la cocina del que podíamos comer cuando nos apeteciera. Era un día perfecto, sin horarios ni rutinas, al que seguía otro muy parecido. En el belén artesano que papá montaba cada Navidad para nosotros, con su río, su puente hecho con papel de plata, su palacio de Herodes en lo alto de la montaña, sus pastores y ovejas, sus gansos y gallinas, las casitas dispersas y el portal donde estaban María, José, la mula y el buey bajo la estrella «con rabo», el 24 de diciembre por la noche aparecía el niño Jesús en el pesebre. Y también las figuras imponentes de los tres Reyes Magos subidos a sus engalanados camellos, que colocaba lejos el primer día e iba acercando muy despacio durante aquellas semanas, terminaban la mañana del 6 de enero frente al niño. En la historia que nos contaban cada Navidad, Melchor, Gaspar y Baltasar, guiados por una misteriosa estrella, habían recorrido un largo camino para llegar a un humilde portal. Allí encontraron a un niño acostado en un pesebre y le ofrecieron regalos que no eran propios de un niño, sino de un rey. Nosotros recibíamos regalos propios de niños, pero nos sentíamos como verdaderos reyes aquellos días maravillosos que regresaban todos los años, sin falta, como los vencejos cada primavera. Siempre fue así y no recuerdo con exactitud cuándo dejó de suceder. Ahora pienso que era la noche de nuestros cuatro Reyes y que el mejor regalo que nos dejaron son todos estos recuerdos.

En Semana Santa no se cerraba ningún día, pero la tarde del Viernes Santo la dedicábamos a visitar iglesias en familia, costumbre que habían mantenido también en La Habana, los años que vivieron allí. El paseo empezaba sobre las cinco y duraba hasta la noche. Casi siempre hacía mal tiempo. Eran días lóbregos que la visión de aquellos cuadros que colgaban en los pasillos de las iglesias, con calaveras y hombres viejísimos mirando al cielo con cara de angustia, oscurecía todavía más. La cabeza inclinada y cubierta de sangre del Cristo de San Manuel y San Benito, con la corona de espinas y aquellos clavos negros en las muñecas y en los tobillos, me ensombrecía el ánimo de tal manera que solo era capaz de mirarla de reojo. Dentro de los templos había un murmullo permanente de tacones y rezos. Muchas mujeres llevaban un velo negro tapándoles la cabeza y el aire tibio olía a cera quemada y a incienso. A veces la abuela nos daba unas monedas para que encendiéramos velitas por las almas de los muertos de la familia y de paso rezáramos algo, unas avemarías de carrerilla, el credo o un padrenuestro. Sin embargo, no todo era negrura y tristeza. Los monumentos que se exponían en las iglesias que visitábamos en nuestro recorrido eran en ocasiones muy bellos, así como las imágenes que salían en procesión por las calles, con su dulce vaivén acompasado al retumbar de los tambores. La visión de las piernas de los costaleros, que asomaban por debajo de los faldones de los pasos, daba pena y miedo a la vez: parecían hombres llevando una montaña a cuestas. En mi imaginación, las figuras de color morado, con aquellos capirotes negros en la cabeza que tenían grandes agujeros negros en lugar de ojos, eran el terror mismo; quería perderlos de vista cuanto antes, aunque no podía dejar de mirarlos. Finalizado el recorrido que siempre hacíamos a pie, volvíamos a casa y después de cenar veíamos en la tele *Ben Hur* o *La túnica sagrada* con la abuela.

Cuando llegaban las vacaciones de verano, los abuelos Edelmira y Benjamín venían a recogernos y mis hermanas, el primo Antón y yo viajábamos con ellos en tren hasta Oviedo para pasar el mes de julio en Lugones. En agosto, papá y mamá venían la primera quincena y los tíos la segunda. Aquellos viajes eran el verdadero comienzo de las vacaciones. Por entonces, las ventanas que había en los compartimentos de literas y en los pasillos de los vagones se podían abrir hasta la mitad y el aire que entraba por las noches olía a una mezcla de leña de chimenea, aceite de motor y hierba mojada que yo no me cansaba de respirar y reconocía feliz año tras año.

Me gustaban mucho los apeaderos vacíos por los que pasábamos, en los que a veces se detenía el tren unos minutos; bajo aquellos cielos llenos de estrellas, parecían escenarios de película. Una vez que todo se sosegaba y ocupábamos nuestras camas colgantes, aún pasaba algún tiempo hasta que conseguíamos dormir; era tal la excitación que teníamos que dábamos vueltas y vueltas hasta que el traqueteo del tren nos cerraba los ojos. Por la mañana, nos vestíamos con el telón de fondo de las montañas y los pueblecitos que iban apareciendo, los ríos, los árboles… y, al llegar a la estación de Oviedo, nos esperaba siempre el tío Benjamín, con su sonrisa de oreja a oreja, para llevarnos en coche hasta Lugones.

El piso de los abuelos ocupaba la segunda planta de un edificio de dos y se llegaba a él por una escalera exterior situada en el lateral de la fachada. En la primera, al nivel de la calle, había, además de viviendas, dos locales: una carnicería y, al final del bloque, una serrería. A la derecha de la escalera exterior, discurría un camino, hoy cubierto de zarzas, que bajaba en cuesta. Si doblábamos a la izquierda, a pocos metros había una vivienda que parecía excavada en la tierra y era donde vivía Tila, vecina y buena amiga de la abuela. Si se seguía el camino, se llegaba hasta el río Nora, el mismo en el que lavaba Inés cuando vino de Cuba. Nosotros nunca pudimos ir hasta la orilla porque había un cercado que cortaba el paso.

A poca distancia del bloque pasaba la carretera y por la parte de atrás, varios metros por debajo del nivel del suelo, había un callejón que empezaba al pie de la casa de Tila y acababa en la serrería, donde volvía a elevarse. En ese callejón, al que daban las plantas bajas traseras de las viviendas y los locales, había dos cuadras donde el carnicero tenía una vaca y algún cerdo. En los bajos de la carnicería, en un habitáculo cuadrado que se abría a ese callejón y se comunicaba con la casa y la tienda por una escalera al fondo, tenía él sus utensilios de trabajo. En ese lugar vi por primera y única vez en mi vida sacrificar a una vaca. Yo pasaba por allí como cada tarde, camino de la serrería, donde había quedado con mis amigas, y él estaba sacándola en aquel momento de la cuadra para llevarla al local que estaba enfrente. La metió dentro y la colocó encima de un canalón que había en el suelo mientras la acariciaba y hablaba conmigo, que estaba en la puerta mirando. Entonces cogió algo, la golpeó en la parte alta del cuello con fuerza y el animal se desplomó haciendo mucho ruido, abiertas las cuatro patas. Luego llegó un instante de silencio absoluto. Yo me quedé clavada al suelo, igual que la vaca, y él empezó a afilar un cuchillo mientras seguía hablándome con total normalidad. En el momento en que acercó el filo al cuerpo del animal, eché a andar rápido hacia la serrería, donde mis amigas me estaban esperando. No pude contarles nada de lo que había visto y tampoco lo hice en los días que siguieron, pero me cuidé mucho de volver a pasar por aquel matadero el resto del verano.

Frente a la casa de Tila, muy cerca de las cuadras, había un corral con gallinas y unos cajones de madera donde vivían algunos conejos que parecían aterrorizados y nunca se dejaban coger. Detrás de las cuadras estaban las huertas y entre unas y otras crecía una maraña de zarzales. Aquel era el hogar de una colonia de gatos que se pasaban el día dormitando al sol sobre las cuadras y las noches maullando y peleando. A veces los vecinos les echaban cubos de agua desde las ventanas y lograban callarlos un rato, pero luego volvían a las andadas.

El piso de los abuelos tenía dos dormitorios, en uno dormían ellos y en el otro el tío Benjamín. Cuando llegábamos nosotros, ellos se trasladaban al del tío, que tenía una sola cama, y nos dejaban a nosotros el suyo, que tenía dos. El tío se instalaba en un viejo camastro rodeado de bártulos en una habitación que llamábamos «el cuartín», el lugar más mágico de aquella casa inolvidable. Lo primero que llamaba la atención allí era un armario inmenso por cuyo interior se podía caminar y que estaba lleno de cosas de la abuela: sábanas, cajas con fotos, zapatos, bolsos, abrigos, camisones con encajes que le habían traído de Cuba y vestidos, casi todos negros, que ella nos dejaba a veces para jugar. También se almacenaban en ese cuarto cosas de comer en cajas o sacos de tela que le daban un olor muy particular, como a manzanas y patatas crudas. Lo único que no cambiaba de verano en verano era aquel olor que se colaba nariz arriba nada más abrir la puerta. Había también una máquina de coser de los tiempos en que la abuela era joven, con el carrete de hilo en su sitio, pero sin aguja.

Cuando llegaba la noche y el tío se acostaba, solíamos ir los cuatro a su cama y él nos contaba la historia de Genoveva de Brabante o nos cantaba canciones asturianas bajito, con su voz aguda y dulce. El cuento era siempre el mismo. La historia de una noble y hermosa joven cuyo esposo, un conde, se halla en la guerra y que es acosada de forma insistente por un tal Golo, hombre de confianza del ausente. Furioso porque no cede a sus requerimientos, él la calumnia y ordena a dos sirvientes que la maten en el bosque junto a su hijito. Pero los verdugos sienten compasión y los dejan ir bajo juramento de no regresar jamás a palacio. Desesperados y hambrientos, encuentran una cueva y se refugian en ella. El niño se criará con la leche de una cierva que aparece de forma milagrosa. Años después, al extraviarse en una cacería, el conde, siguiendo al animal, encuentra la cueva. Genoveva lo reconoce y le explica lo sucedido. Cuando sale a la luz la verdad, la familia se reúne de nuevo y encierran a Golo de por vida. Este cuento era el favorito del abuelo y a veces, cuando el tío lo narraba, se asomaba al cuartín y lo escuchaba desde el umbral de la puerta, apoyado en el cerco, con un pitillo entre los dedos. Las canciones cambiaban según su ánimo; se sabía muchas.

Una de sus favoritas decía así:

Dime, xilguerín parleru,[25]
dime, ¿qué comes?
Como arenines del mar,
del campu flores.
Tienes unos güellos neña[26]
y unes pestañes
y una llengüina parlera
con que me engañes.
Tengo de ir a Covadonga,
tengo de ir a Covadonga,
con la mio neña en septiembre,
en septiembreee,
tengo llevai[27] *a la Virxen*
un ramin de palma verde,
y colgao del ramin
tengo llevai una flor
que repique[28] *el paxarin*
pa que me quiera el mi amooor.

La última palabra, «amor», la alargaba mucho y su voz subía y bajaba durante un buen rato hasta que iba apagándose. También nos enseñó a decir «eh» fuerte y al unísono después del primer «tengo de ir a Covadonga» y ese era el momento más divertido, el más esperado. El Presi, aquel

---

[25] *Xilguerín parleru*: jilguerillo o pajarillo hablador.

[26] *Tienes unos güellos, neña*: «Tienes unos ojos, niña».

[27] *Llevai*: «Llevarle».

[28] *Repique*: «Vuelva a picar».

artista al que papá y mamá habían ido a escuchar al Centro Asturiano la noche que se conocieron, la cantaba con profundo sentimiento; pero la versión que guardo en el corazón es la que nos cantaba el tío Benjamín en las noches de verano de Lugones, en aquella cama voladora que compartíamos, entre otros, con Genoveva de Brabante y el pajarito hablador.

La casa tenía también un saloncito comedor que solo se usaba cuando llegaban visitas. Allí había una mesa que la abuela abrillantaba a diario con una gamuza, con varias sillas a juego, un aparador con algunos objetos de plata encima y una mesita auxiliar, que era donde se ponía la imagen de san Roque los días que pasaba en casa. El santo estaba dentro de un estuche de madera con una puerta de cristal, por si se querían poner flores o estampitas dentro, y tenía también un cajoncito en la parte inferior. Iba de casa en casa y la última vecina que lo había tenido era la encargada de traerlo; luego la abuela se lo llevaba a la siguiente. San Roque me parecía un viejo por la barba, pero seguro que no lo era tanto. Llevaba un cayado en una mano y con la otra se levantaba la túnica y mostraba una herida sangrante en la pierna por debajo de la rodilla. A su lado había un perro y la abuela decía que, cuando le lamía la herida, esta sanaba. Aquello se me quedó grabado; me pasaba mucho tiempo mirando al santo y al perro, pidiéndoles cosas. De vez en cuando escribía esas peticiones y las metía en el cajoncito. Si la abuela me sorprendía, como no le gustaba que entrásemos a ese cuarto, que siempre estaba limpio y ordenado, para que no me regañara, me ponía a rezar en voz alta. Entonces ella me decía: «Muy bien, Inesita, pídei al santín, que ye muy buenu».[29] Y seguía haciendo sus cosas.

Durante el día estábamos en casa o bajábamos a jugar a casa de Tila. Otras veces íbamos con el abuelo a llenar de agua el botijo a un pozo que llamaban «el Reguerón», al que se llegaba por un camino bordeado de árboles que estaba detrás de la casa, pasadas las huertas. Todavía existe ese pozo y el paisaje que lo rodea no ha cambiado tanto, pero el agua no se puede beber.

Cuando llegaban nuestros padres, las vacaciones se animaban. Papá lograba hacerse con un coche para esos días. Al principio, como no tenía otra posibilidad, se lo pedía prestado a algún amigo. Más adelante, acudió al mercado de segunda mano. En Madrid, el coche estaba siempre aparcado en la calle y solo lo usábamos en verano; por eso, aunque lo cuidaba todo lo que podía, solía dar problemas el primer día de las vacaciones. Inés se tomaba con humor estos percances; Pepe no tanto, aunque siempre aparecía una solución: algún conductor paraba a echar una mano o daba el aviso en una gasolinera cercana. En esas ocasiones, parados en el arcén bajo un sol abrasador, mamá decía muy sonriente: «Estamos de vacaciones. —Y añadía—: No pasa nada», cosa que no podíamos comprender los ofuscados.

Una excursión que se repetía cada verano era la visita al santuario de Covadonga. La basílica solía estar llena de gen-

---

[29] *Pídei al santín que ye muy buenu*: «Pídele al santín, que es muy bueno».

te; la cueva era tan pequeña y éramos tantos que no daba tiempo a ver nada y, cuando por fin llegábamos donde estaba la Santina, papá nos pedía que nos diéramos la vuelta y nos hacía una foto y luego otra, «por si acaso la anterior sale mal», decía. Tenía una cámara Voigtländer que el tío León le había traído de Alemania y él cuidaba como un tesoro. Le encantaba sacar fotos y luego mirarlas y recordar. Lo más divertido para mí de aquella visita era intentar beber de la fuente de los siete caños. Según el abuelo, si las mozas solteras bebían de los siete sin respirar entre uno y otro, se casaban ese año. Yo aceptaba el desafío y no paraba hasta lograrlo, no por casarme, sino por saber si era capaz. Otra cita ineludible era ir a la romería del Carbayu. Por la mañana, sonaban unos petardos llamados «voladores» que subían con un silbido al que seguía un silencio y luego un cañonazo; esa era la señal de que empezaba la fiesta. La abuela y mamá llenaban bolsas de comida y, cuando llegábamos al prao, nos sentábamos encima de manteles que extendían en la hierba y tomábamos bollos preñaos, tortilla de patatas, empanada y también sidra. Hasta los niños dábamos un sorbo a un culín[30] ese día. Los vecinos y amigos se acercaban a saludar; las mujeres iban muy guapas y arregladas, igual que los hombres. Había músicos tocando la gaita vestidos con el traje típico de Asturias y chicos bailando al son de sus melodías. Era muy bonito verlos saltando y girando en el aire.

---

[30] *Culín*: cantidad de sidra, de unos dos dedos aproximadamente, que se escancia en un vaso y debe beberse de una sola vez.

Después de comer nos íbamos a casa y volvíamos por la tarde. Entonces había más animación. Una orquesta tocaba los éxitos del verano a todo volumen y se ponía en marcha el tren de la bruja, una locomotora seguida de varios vagones que entraba y salía de un túnel mientras chicos del pueblo, que se situaban a la entrada y a la salida, daban escobazos a los que íbamos sentados. Algunos hacían bastante daño y había quienes les quitaban la escoba y devolvían los golpes a la siguiente vuelta, todo con muchas risas y aspavientos. Una vez me dio un escobazo un chico que me gustaba mucho y no sentí dolor, sino alegría; pensé que había sido una señal clarísima. Cuando me bajé del tren lo busqué, pero no lo vi y luego su hermano me dijo que él también me andaba buscando. Todavía recuerdo la ilusión que me hizo oírlo. Aunque estuve muy localizable el resto de la tarde, no llegaron a cruzarse nuestros caminos. Aun así, me pasé el trayecto de vuelta a casa fantaseando con todo lo que iba a pasarme en los días siguientes mientras mis amigas me empujaban y me preguntaban que por qué estaba tan callada. Naturalmente, nada sucedió como esperaba. Por ironías de la vida, de quien acabé haciéndome amiga fue de su hermano, con el que compartí asiento de casualidad años después en un autocar de Oviedo a Madrid. Hablamos más en aquel viaje que en todos aquellos veranos juntos y descubrimos que éramos mucho más afines de lo que jamás hubiéramos creído. Si el viaje hubiera sido a Cádiz, creo que nos habríamos enamorado. Pero lo cierto es que nos escribimos algún tiempo y después nos perdimos la pista.

En agosto de 1971 se casó el tío Benjamín. Fue una boda muy alegre, en un pueblo cerca del mar, de donde era la novia. Hubo un banquete, música y baile. Un año y medio después nació la prima Dulce, que fue y sigue siendo otra hermana para nosotras. Los tíos vivieron en Lugones, en la casa de los abuelos, hasta que se fueron a un piso a Oviedo. En verano, como éramos muchos y ya no cabíamos, la vecina de abajo, Tila, nos dejó su casa en alguna ocasión, aprovechando que ella no iba a estar. Allí nos instalábamos con la abuela y la prima Dulce y nos pasábamos el día subiendo y bajando.

En ocasiones, los primos de Oviedo o de Posada venían a pasar el día a Lugones y, otras veces, nosotros los visitábamos. Eran los hijos de aquellos primos con los que mi padre había jugado en su infancia. Todos hacían por verse y reunirse, lo pasaban bien juntos y eso se notaba. Cada verano, no regresábamos solo a los lugares, sino también a las personas que los habitaban, ese cariño era lo que ellos querían que no perdiéramos nunca.

Las excursiones más esperadas eran siempre a la playa: Gijón, Salinas, Colunga, la Isla o Santa María del Mar. Pescábamos quisquillas con papá en las charcas que había junto a las rocas o buscábamos conchas durante horas. Mamá y la tía Mary casi nunca pasaban de remojarse un poco; aunque brillara el sol, siempre encontraban el agua fría y, si lograban bañarse, no duraban mucho en el agua. Por esa razón, cuando la economía familiar mejoró un poco, decidieron probar las aguas del Mediterráneo y uno de aquellos meses de agosto alquilaron un piso en Oropesa del Mar. Mis hermanas, el primo Antón y yo dormíamos en el salón en colchonetas y sillas de playa, a veces todavía húmedas por haber tomado el sol en ellas con el bañador mojado. Este mar les recordaba a Cuba y se convirtió en el destino favorito después de aquel verano. A nosotros, el agua cristalina y templada donde podíamos pasar horas, y aquel ambiente cosmopolita que daban los extranjeros y que no existía aún en las playas norteñas, nos parecía muy atractivo. Después de Oropesa vinieron Peñíscola, Benicasim, Denia... También la abuela Edelmira y la prima Dulce se unieron con el tiempo a esos veraneos, que eran lo mejor del año. Para nuestros padres no había nada comparable a aquellos días de playa todos juntos. Por las tardes dábamos paseos y a veces comprábamos tarjetas postales para enviar a la familia o a los amigos; Pepe era muy aficionado y escogía las más bonitas. En una ocasión, ojeando en un quiosco, se fijó en una sombrilla igual a la nuestra que aparecía en una postal, siguió mirando y descubrió a la abuela Cándida sentada debajo y a nosotros algo más allá jugando en el agua. Emocionado, se lo dijo a mamá y al tío Lucky, que pasaba el verano con nosotros, y compraron todas las que había en el expositor. Las enviaron a la familia y aún sobraron unas cuantas que conservamos. No me extraña que nos fotografiasen, porque nuestras jornadas playeras duraban el día entero. Lo único que impedía que fuera así eran las lluvias ocasionales que refrescaban el ambiente durante un día o dos y nos obligaban a quedarnos en casa. A mamá, esos aguaceros de agosto le recordaban a La Habana; miraba la lluvia caer sobre la calle o la playa y le entraba la melancolía. En esos momentos se acordaba de su casa y de su cuarto, de cómo le gustaba escuchar el ruido del agua sobre el tejado, de lo bien que olía el aire y de lo feliz que había sido allí.

Otro destino que se mantuvo varios años fue el cabo de Palos, cerca del Mar Menor. Alquilábamos el primer piso de una casa de cuatro plantas situada en lo alto de una roca donde hoy seguro que estaría prohibido edificar, con unas vistas al mar que enamoraron a toda la familia. Además, el sonido del agua batiendo las rocas nos acompañaba día y noche. Al pie del bloque había una pequeña cala de piedras que era como una piscina natural de aguas claras. Si bien algunas veces aparecía la playita llena de chapapote debido a la cercanía del puerto de Cartagena, la mayor parte del tiempo el agua estaba limpia y a una temperatura de balneario. Allí pintó papá lo que se veía desde la ventana, rocas y chumberas con un fondo azul, y en el agua de aquella cala se metía la abuela Cándida con silla y todo, dejándose balancear suavemente por la corriente. Decía que esos baños la libraban de los catarros del largo y duro invierno madrileño. El lugar más mágico de todos los que visitamos, donde el Mediterráneo se mostró ante nosotros en todo su esplendor, fue Mallorca. Gracias a una vecina y buena amiga de mamá que pasaba allí los veranos, se animaron a alquilar por primera vez en un lugar antes prohibitivo, porque al precio del piso había que sumar los billetes de barco para todos y para el coche, del que no podíamos prescindir, en nuestra familia la exploración de los alrededores era obligada. Durante el viaje por carretera hasta el puerto de Valencia, todos escuchábamos las casetes de Julio Iglesias que mamá ponía en bucle y tarareaba bajito mirando por la ventanilla. Algo había en aquellas melodías que conectaba con ella de manera instantánea. Cuando papá ya no podía más, colaba alguna cinta de la orquesta Aragón o Benny Moré y todos agradecíamos aquellos ritmos cubanos alegres y desenfadados, que daban ganas de salir del coche y ponerse a bailar sobre el asfalto. El piso que alquilábamos estaba cerca del puerto y resultaba muy pintoresco asomarse a la ventana por las mañanas, parecía que estábamos viviendo dentro de un musical de Hollywood. Cruzaban por delante vendedores de helados buscando el mejor lugar para instalar su carrito, mujeres vestidas de negro cargadas con palos, turistas en shorts luciendo pamelas de colores y enormes gafas de sol, chicos en vespa con bañador, chanclas y siempre sin casco... Una España que no parecía España. El agua tenía una gama de colores que iba del azul oscuro a lo lejos al blanco de la fina arena a nuestros pies, pasando por el verde del turquesa al esmeralda. Siempre costaba emprender el camino de vuelta a casa.

Una noche después de cenar, papá nos habló del cercano faro de Capdepera y nos propuso ir allí a ver el amanecer. En Cuba, alguna vez había dormido en la playa con sus primos para poderlo contemplar y lo echaba de menos. Aún era de noche cuando emprendimos la marcha, alumbrando el camino con dos pequeñas linternas. Hacía frío y olía a tierra y a flores húmedas de rocío. Cuando llegamos a la plataforma de piedra, nos encontramos con un grupo de hippies que parecían haber dormido allí y nos recibieron con amabilidad, haciéndonos sitio. Al poco tiempo el cielo empezó a clarear por el horizonte y el sol se fue alzando despacio, haciendo que todo brillara, dibujando sobre el mar líneas doradas. La sensación de gratitud hacia papá que sentí no la he olvidado. Me acuerdo de él siempre que contemplo un amanecer en el mar. De él y del faro de Capdepera.

V

La muerte de Cándida

Sus manos eran anchas y estaban casi siempre en movimiento, con su anillo de boda desgastado por años de trabajo. Manos precisas cortando las verduras, lentas amasando el pan o limpiando mollejas de pollo, parsimoniosas pasando las páginas del periódico que leía en la mesa de la cocina o arreglando sus plantas en la terraza. Ataviada siempre con los vestidos que trajo de Cuba, a los que, cuando se arreglaba, añadía un broche y, si hacía frío, una toquilla de lana por encima de los hombros, de esas que tienen forma de triángulo.

En el invierno de 1975 empezó a estar más callada de lo normal, a moverse muy despacio, como si las fuerzas la estuvieran abandonando. Pasaba mucho tiempo en su habitación, mirando por el ventanal que había frente a la cama, pensando quizá en su lejana aldea o en La Habana, a la que tanto llegó a querer. Consciente, pienso ahora, de lo que se acercaba. Todos la cuidaban, estaban preocupados por su salud. Ella parecía tranquila. Carmiña se trasladó a dormir a su cuarto para que no pasara sola las noches, por si necesitaba algo.

Una tarde que papá estaba intentando que comiera algo, habló con ella:

—Cándida, tiene que hacer un esfuerzo, esto está muy rico, pruebe… —le dijo, acercándole la cuchara a la boca.

—No tengo hambre ninguna, Pepe, lo que quiero es descansar, aquí ya no me queda nada por hacer —respondió ella, mirándolo.

—No diga eso, mujer —contestó papá, conteniendo la emoción—, se va a poner bien, ya lo verá. Ande, coma algo…

Pero ella negaba con la cabeza y cerraba los ojos. Papá nunca olvidó esas palabras. Cuando las recordaba, me repetía lo mucho que le habían impresionado y cómo llegó a comprender, con el paso del tiempo, a qué se refería Cándida cuando se las dijo.

Una madrugada, Carmiña despertó a todos y les dijo que creía que la abuela no respiraba; estaba muy quieta y no reaccionaba cuando la movía. Intentaron reanimarla, pero no respondía. Asustados, llamaron a una ambulancia que la trasladó a La Paz. Allí les confirmaron poco después que cuando ingresó ya había fallecido. Sabían que llevaba tiempo mal, pero no estaban preparados para un final tan fulminante. Fueron días raros, la casa se quedó sin espíritu, como sin vida. Mirábamos su ropa; el corsé color salmón con aquellas cuerditas, las horquillas del pelo en la mesilla de noche, el camisón de raso plateado, las pastillas de jabón Heno de Pravia, el libro de santa Teresa de Ávila de tapas marrones, las zapatillas de andar por casa… Su olor estaba por todas partes en aquella habitación. Era el mes de marzo de 1976. El funeral se celebró en San Manuel y San Benito y sus restos se llevaron a un nicho que compraron entonces en el cementerio de la Almudena.

El impacto que produjo en la familia su muerte fue tan grande que llegaron a plantearse la posibilidad de traspasar el negocio. Lucky escribió desde Nueva York diciendo que ese año no iría a España, se sentía hundido, extraño. Le había dado por salir a caminar y atravesaba lugares que luego no recordaba, porque miraba y no veía. Estaba pensando en trasladarse a Madrid en un futuro, pero dependía de los planes de la familia. León estaba hundido. Y Manuel, que nunca había perdido la esperanza de que su única hija conociera algún día a su abuela, veía desolado como su ilusión se desvanecía. Estaban como perdidos, con una tristeza que no podían nombrar. Todo había sido tan rápido e inesperado… De todas partes llegaron condolencias por la pérdida de la abuela. La familia dispersa se unió espiritualmente en este último adiós al *alma mater*, la mujer que había hecho posible el éxito por segunda vez, que siempre estuvo ahí luchando por los suyos, con un sentido del deber por el que era capaz de anteponer el bienestar de la familia a sus propios deseos. Imponente, testaruda, disciplinada, resolutiva, clarividente, sabia. Ayudándolos a superar los obstáculos de la vida sin aspavientos, con fuerza y sin miedo.

Al final, la cafetería no se traspasó; decidieron reformarla y convertirla en restaurante, un trabajo más fácil de manejar que, pensaban, les permitiría horarios más flexibles.

Algo nuevo, pero dentro de un giro ya conocido. Hablaron con un arquitecto amigo para que les diseñase el nuevo local. Carmiña, que siguió trabajando con ellos, se mudó poco después a un piso en el barrio de las Letras.

Comenzaba una nueva aventura y, a pesar de que la ausencia de Cándida los había dejado huérfanos a todos, pusieron su energía en el nuevo proyecto y se entregaron a él con el ímpetu que habían aprendido de ella.

TRIUNFAR

I

Zara, el cubano

Un suceso trágico e inesperado, que llegó cuando todavía la familia arrastraba el dolor por la pérdida de la abuela Cándida, fue la muerte accidental del abuelo Benjamín, arrollado por un turismo cuando caminaba hacia su casa una noche. Dijeron que iba por el arcén, que estaba oscuro y el conductor no lo vio. Fue trasladado al hospital muy grave y falleció poco tiempo después. Dejó un vacío tan grande que Asturias nunca volvió a ser igual, ni las Navidades en casa ni los veranos. El abuelo Jamín, como lo llamaban, era una persona que llevaba luz y alegría a todas partes. Aún hoy, cuando nos reunimos por algún acontecimiento familiar y hablamos de él, recordamos sus chistes y lo echamos de menos. Papá se quedó algunos días con la abuela, que estaba como sonámbula. Dejó el piso de Lugones, que se le caía encima sin su «Jamín del alma», y se trasladó a Oviedo a vivir con los tíos.

Las obras de reforma de Zara se prolongaron más de lo previsto; surgían nuevas ideas y también llevó tiempo deshacerse de algunas cosas, como la máquina de pinball o la gramola, que ya no tenían cabida en el nuevo local. Muchos sencillos acabaron en casa, donde los escuchábamos hasta aprendérnoslos de memoria. Se compraron mesas y sillas de estilo castellano y, aprovechando el alto puntal interior, realizaron una cubierta a dos aguas con vigas de madera y tejas invertidas que le dio un aspecto rústico muy entrañable. Un artista cubano, amigo de la casa, les diseñó una bonita vidriera de tres cuerpos que representaba el valle de Viñales, un lugar muy hermoso de Cuba que está en la provincia de Pinar del Río. La colocaron en la pared más visible y fue enseguida lo más representativo de la decoración del restaurante: un paisaje de palmeras, montañas y cielo azul.

Por fin, después de meses ultimando los detalles, llegó el día de la apertura al público. Fueron para allá temprano, estaban deseando ponerse manos a la obra, tal como lo habían organizado: mamá, la tía y Carmiña en la cocina y papá y el tío en el salón, atendiendo a los clientes. Al principio no sabían calcular bien qué cantidad de comida preparar, ignoraban cuánta gente entraría y temían que el cambio no sentara bien a los habituales, acostumbrados a otro ambiente. Durante los primeros días, a veces se acababa la comida a media mañana; otras, en cambio, sobraba más de lo previsto. Llevó algún tiempo ajustarse a la demanda y organizar los turnos de trabajo. Pero la gente no dejaba de acudir y el boca a boca atraía también a turistas que llegaban durante los meses de verano, sobre todo de Miami, recomendados por familiares y amigos.

La mayor parte de los productos que se consumían en el restaurante los adquirían en establecimientos de la zona:

la carne, en la vecina carnicería de Valentín, que ya no existe, en la calle Pelayo; los vinos y las bebidas, en un supermercado de la calle Augusto Figueroa conocido como La Viña, hoy desaparecido; el pescado, la fruta y las verduras, en el mercado que había entre la calle Libertad y Barbieri, donde se ubica hoy el de San Antón. Papá era conocido por la calidad que exigía siempre en todo lo que seleccionaba: la piña, la papaya, el mango o los aguacates que escogía pieza a pieza para luego ofrecerlos a sus clientes. Aquellos paseos matutinos con el carrito de la compra por el barrio le encantaban. A veces se metía en alguna galería de arte que lo pillaba de camino a ver una exposición interesante o, si se encontraba a algún amigo, se tomaba un café con él. Pero nunca se detenía mucho tiempo, decía que la mañana volaba.

A los seis años de estar en marcha el restaurante, Santi y Mary, que ya llevaban algún tiempo estudiando esa posibilidad, decidieron irse a Estados Unidos. El primo Antón, que había pasado en Miami los últimos veranos con sus tías y primas para perfeccionar su inglés y había cursado allí el equivalente a nuestro COU, tomó la decisión de realizar sus estudios superiores en aquel país, que le ofrecía interesantes oportunidades laborales. Cuando estuvieron seguros de que no iba a regresar, decidieron trasladarse a América para estar más cerca de él. Fue un momento importante para las dos familias, el adiós que ponía punto final a una convivencia de diecisiete años necesaria y no siempre fácil que, sin embargo, había logrado sus objetivos. Antón sería siempre para nosotras un hermano. Habíamos compartido juegos, vacaciones, confidencias y amigos desde que éramos niños. Sentíamos la pérdida, pero también nos alegrábamos por él. Había que hacer números, pues todo estaba a medias, casa y negocio. Los tíos planeaban establecerse en Miami, porque allí se había instalado la familia de la tía Mary después de salir de Cuba.

Zara necesitaba una nueva organización; era imprescindible contratar personal, porque Inés y Pepe no podían asumir solos la carga de trabajo. Mamá continuó en la cocina junto a Carmiña, que pasó a ser ayudante, y entró un chico de friegaplatos y pinche en momentos puntuales. En el salón se quedó papá y contrataron a dos hermanas que se turnaban: una cubría los mediodías y la otra las noches, alternándose cada dos semanas. El trabajo aumentó, las jornadas eran largas y agotadoras, pero lo afrontaban juntos con ilusión, como siempre. Mi hermana María y yo echábamos también una mano los fines de semana, que era cuando había más movimiento, sobre todo los viernes por la noche. A ellos les gustaba vernos por allí «arrimando el hombro»; fueron años de trabajo duro que dieron su fruto.

A mediados de la década de los ochenta y durante los noventa, la fama del restaurante aumentó de forma considerable. Muchos artistas que eran ya clientes de la antigua cafetería y otros nuevos colaboraron a ello con sus recomendaciones en televisión, donde estaban triunfando los programas de cocina, y sobre todo en la prensa o en las bien llamadas «revistas del corazón», porque lo hicieron por afecto sincero hacia ellos. Ese cariño era correspondido y logró de forma natural que de todas partes vinieran a conocerlos y a probar la ropa vieja, el picadillo, la yuca frita y también otras especialidades de aquí que fueron creando una oferta culinaria especial en la que todo se mezclaba: los chorizos a la sidra, los pimientos rellenos, los huevos a la flamenca o el hígado a la plancha con el arroz con frijoles negros y pierna de cerdo asada o los deliciosos tamales en salsa. Normalmente, era yo la encargada de escribir a máquina las cartas en la vieja Olivetti que papá conservaba de sus años de viajante en Cuba. Aún guardo algún manuscrito de aquellos que luego fotocopiábamos y metíamos en unas fundas de plástico transparentes con apertura en la parte superior. Papá ideó y dibujó el logo de las dos palmeras que aparece en nuestras tarjetas, la marca de la casa junto con los manteles a cuadros rojos y blancos.

Tío Lucky, que vivía y trabajaba en Nueva York, pero pasaba con nosotros casi dos meses cada verano, le sugirió un día a Inés que enseñara a un cocinero las recetas y secretos de su sazón y saliera con Pepe al salón a atender a los clientes. Le dijo que ellos dos eran el alma de aquel lugar y que metida en la cocina, invisibilizada, estaba desperdiciando su talento natural para las relaciones humanas, que era mucho. Ella, además, hablaba un inglés básico pero suficiente para hacerse entender por los turistas internacionales, que estaban aumentando de año en año. Papá siempre le pedía que le hiciera de intérprete cuando estaba en apuros. A los dos les pareció buena idea y empezaron a buscar un cocinero. Hubo varios, pero no duraban mucho y mamá tenía que estar siempre con un pie dentro y otro fuera. Hasta que llegó

Lisardo, un joven valenciano que aprendió rápido y tenía un talento natural para la cocina. En pocas semanas se hizo con el puesto. Él y mamá llegaron a ser muy buenos amigos y compartían recetas, libros y películas de vídeo, pues los dos eran grandes lectores y amantes del buen cine. Ella fue para él como una tía bondadosa y él para ella como un sobrino complaciente, atento y cariñoso. Contar con Li, como solía llamarlo, le dio la confianza y la tranquilidad suficientes para trabajar en el salón junto a papá. Era ella la que cogía el teléfono, la que organizaba las mesas, la que se ocupaba del personal y la que supervisaba todo. Compró también telas bonitas y se confeccionó delantales a juego con sus jerséis y faldas. Las tenía de todos los colores, de lavar y poner sin necesidad de planchar; se las traía mi tío de Nueva York cada año. El toque final lo daban los pañuelos que llevaba en el cuello y fijaba con un broche, su sello más personal. Papá iba siempre con pantalón y corbata negros y camisa y chaquetilla cruzada blancas. Esta última nunca se la quitaba, ni siquiera en verano.

II

San Valentín y sus formas

El amor y la complicidad que había entre Inés y Pepe era algo que se podía respirar, que desprendían. Un gesto de ellos inolvidable para mí era que siempre se hacían regalos por San Valentín, recuperando ese día aquella costumbre tan bonita de sus años de juventud de escribirse mensajes y dejarlos en lugares estratégicos donde sabían que el otro los iba a encontrar. A veces no les daba tiempo de comprar nada, porque solían ser días de mucho trabajo en Zara, así que la nota era un vale por cualquier cosa que el otro deseara, pero siempre incluían palabras de cariño y, con el paso de los años, mucho humor también. Papá le escribió una vez: «Vale por eso que tú sabes qué es y yo no tengo ni idea». Ella, al leerlo, le dijo muerta de risa: «Pepe, tú eres de ampanga».[31]

---

[31] *De ampanga*: tremendo, de armas tomar.

Les gustaba ver a la gente enamorada. El Zara original, que estaba en la calle Infantas número 5, tenía una pared forrada de listones de madera de suelo a techo donde Pepe colocaba con chinchetas objetos especiales para él, como un banderín del Oviedo que le regaló un amigo muy querido o un tapiz que mostraba a una joven cubana tocando las maracas en un jardín exuberante. En algún momento empezó a poner en esa pared fotos de mujeres famosas, actrices o modelos, a las que reconocía de haberlas visto en el restaurante cuando ojeaba revistas en las salas de espera de los médicos. Como a veces lo acompañaba, me las enseñaba y...

—Mira —me decía ilusionado—, esta chica va por allí.

Entonces me pedía que vigilase la puerta, arrancaba y doblaba la hoja y luego se la guardaba en el bolsillo de la americana para colocarla con las otras en cuanto llegaba al restaurante.

En una ocasión, una pareja ocupó una mesa que estaba situada junto a esa pared y papá observó que el chico hacía algo vuelto de espaldas y dejaba de hacerlo cuando él se acercaba. Como sentía curiosidad le preguntó y él, entre divertido y avergonzado, le confesó que estaba grabando con una navajita un corazón con su inicial y la de su chica porque acababan de hacerse novios. Pepe le dijo que terminara tranquilo y ahí se quedó ese corazón. Durante años, siempre que venía, la pareja ocupó esa misma mesa, que fue para nosotros desde entonces «la mesa de los enamorados». Ellos decían que les había traído suerte.

El afecto que profesaban Inés y Pepe a sus clientes era algo poco común, entregaban lo mejor de sí mismos y parecían no cansarse nunca. Siempre recordaré con admiración la forma que tenía papá de estar pendiente de todo: de llevarse los ceniceros medio llenos y cambiarlos por otros vacíos; de colocar los bolsos de las mujeres en la parte de la silla que quedaba más cerca de la pared, para ponérselo más difícil a los ocasionales carteristas que frecuentaban los locales del centro; de acercarse a los que comían solos por si querían echar un vistazo al periódico que él ya había leído... Era hombre de escuchar más que de hablar, con un arte innato para contar y un humor campechano, fresco, que amaba la improvisación. A veces, se acercaba a un plato de mango que acabábamos de llevar a una mesa con una botella de ron en la mano y preguntaba: «Hermano, ¿lo bautizamos?». Y le echaba un chorrito por encima para «alegrarlo un poco».

O llevaba papel y lápiz a los niños cuando ya habían terminado de comer para que le hicieran un dibujo de recuerdo y, de paso, dejaran comer a sus padres. Muchas veces me confesó que lo que peor llevó de su trabajo en hostelería fue pasar tanto tiempo lejos de nosotras. La cafetería y luego el restaurante exigían largas jornadas de trabajo que a veces se prolongaban hasta la madrugada. Cuando veía parejas que iban con sus hijos, lo invadía la nostalgia. Sin embargo, nunca oí en su voz resentimiento; lo decía con pena, no como quien sintiera no haber estado donde estuvo, sino como quien hubiera querido estar en dos lugares a la vez. Si un grupo se estaba divirtiendo de lo lindo, bailando incluso encima de las mesas en alguna ocasión, él era feliz y al día siguiente lo contaba emocionado, orgulloso de haber sido el anfitrión de la fiesta.

A mamá le gustaba conversar; usaba esa palabra. Hombres y mujeres se sinceraban con ella e incluso le pedían consejo en momentos puntuales de su vida. A mí aquello me parecía algo exagerado cuando me lo contaba y solía decirle que ella no era psicóloga o cosas por el estilo. Ahora entiendo que, cuando hablaban con ella, lo que aquellas personas buscaban era su calor, su afecto y su autenticidad, porque sabían que su palabra era pacificadora. Lo mismo que hacía yo, solo que con los ojos algo velados por los celos que sentía. Cuando también yo fui madre y tuve la ocasión de conocerla mejor, aprendí a verla y admirarla. Comprendí y aprecié lo generosa que era con todo el mundo y la firmeza con que enfrentaba la vida. Descubrí lo mucho que nos necesitábamos y lo bien que estábamos juntas, hablando de cualquier cosa, como viejas amigas.

Los años fueron pasando y el restaurante se convirtió en una prolongación de su casa. Famosos, parroquianos y amigos se mezclaban en aquellas diez mesas para las que Pepe fabricó unas tablas que se acoplaban a los extremos con el fin de alargarlas si era necesario. Eso hacía que, en ocasiones, se estuviera prácticamente encima de la mesa de al lado. Había personas a las que eso incomodaba, pero a la mayoría no le importaba en absoluto. Incluso, en no pocas ocasiones, favoreció amistades o flirteos entre desconocidos, cosa que a mí me maravillaba siempre. Otra costumbre que surgió de forma improvisada y solía tener éxito fue la de compartir mesa. Cuando había escasez de sitio y varias personas querían comer, ellos les ofrecían sentarse juntos, sugerencia que resultaba algo rara por aquel entonces, pero que generalmente era aceptada con naturalidad. Años después, en un viaje que hice a París, comprobé que allí era costumbre compartir con otros comensales largos bancos y estar más pegados todavía. Cuando se lo conté a mamá, me contestó con uno de sus dichos cubanos: «Ta bueno lo bueno, pero no lo demasiao», seguido de una alegre y sonora carcajada de las suyas.

Pepe e Inés discutían a veces de forma apasionada defendiendo puntos de vista opuestos. Si se alteraban mucho, uno de los dos salía por la puerta como un huracán y se iba a dar un paseo para calmar los nervios, dejando al otro igual de acalorado y despotricando. En alguno de esos momentos que me tocó vivir a su lado, hubiera querido partirme en dos para acompañarlos por separado, pero tenía que elegir y casi siempre me quedaba con mamá, porque ella no se movía con la agilidad de él y era siempre la que se quedaba. Al rato, cuando papá regresaba con el periódico o una barra de pan bajo el brazo, me miraba, me guiñaba un ojo y me preguntaba por ella. Cuando intentaba consolarlo o darle ánimos, me decía que no tenía importancia, que ellos siempre habían tenido sus diferencias, y añadía: «¿Qué tal si preparamos algo? Ya casi es la hora de comer», o cualquier otra cosa que nos pusiera en movimiento: regar las plantas o sacar al perrito a dar una vuelta si estábamos en su casa o comprobar las reservas mesa por mesa si era en el restaurante. En todas las ocasiones en que los acompañé, comprobé que por debajo de las críticas latía un cariño inmenso y una profunda admiración por el otro, algo que había crecido con el paso de los años y los avatares compartidos de la vida. Juntos vivieron situaciones muy difíciles y también momentos muy bellos y, cuando estaban separados, se echaban de menos con toda el alma. Se tenían siempre presentes y era conmovedor ver cómo se preocupaban el uno por el otro después de tantos años.

III

El éxito

En aquella recién estrenada democracia, que aún no sabíamos muy bien cómo vivir con tranquilidad, Madrid se iba volviendo más tolerante y Zara se convirtió en uno de los lugares de referencia del mundillo noctámbulo de Chueca. En el barrio se empezaba a hablar de diversidad y se mostraban en público las preferencias sexuales. Fueron años excesivos a los que Inés y Pepe se adaptaron con espíritu abierto y a la vez con cierto desasosiego por lo rápido que sucedía todo. Las drogas se hicieron visibles abiertamente para ellos por primera vez en las calles cercanas al restaurante. En el aparcamiento al aire libre que había por entonces en la llamada plaza de Vázquez de Mella, hoy de Pedro Zerolo, era habitual a altas horas de la noche, cuando salían de trabajar, ver jeringuillas tiradas por el suelo junto a botellas vacías y chicos durmiendo encima de los bancos. Eso les preocupaba y les hacía temer por nosotras. Siempre que pasaba a saludarlos o a cenar allí con mis amigos los viernes por la noche, papá no disimulaba su temor a que me ocurriera algo malo y me llamaba aparte para prevenirme; me decía que me fuera a casa después de cenar, que no anduviéramos «por ahí». Mamá, para sosegar su ánimo y como maestra que era, le decía que las adicciones a lo dañino han existido siempre y que estamos expuestos a ellas, como a todo lo bueno de la vida, desde que salimos a la calle. Pero él sufría pensando que ya no podía protegernos y no toleraba bien llegar a casa antes que yo; por eso casi siempre me esperaba despierto y luego ya podía dormir tranquilo. Después apareció el sida, que se llevó por delante a muchos amigos y conocidos, algunos jovencísimos. Todas aquellas pérdidas, que tocaron tan de cerca sus vidas, les hicieron apreciar lo que tenían con una intensidad mayor y los llevaron a unirse más el uno al otro ahora que nosotras pasábamos más tiempo fuera de casa, estudiando y con amigos o novios.

El restaurante estaba casi siempre lleno, sobre todo por las noches. Por aquel entonces no se reservaba; si querías una mesa tenías que ir y nadie ponía en duda que era la mejor forma de hacer las cosas en vista de los buenos resultados. Había mucha animación y era habitual encontrar rostros famosos entre la gente: actores, cantantes o políticos sentados cenando o de pie con un daiquiri en la mano haciendo cola mientras esperaban su mesa. Muchas amistades se fraguaron en aquellos ratos de espera. El trato que ellos ofrecían a la gente era especial, hablaban con una sinceridad que el público apreciaba de verdad y les devolvía con creces. El trabajo era para ellos la forma de enfrentarse a la vida. Un día que acompañé a papá al mercado y estábamos hablando de cómo escoge cada uno su camino, le dije:

—Con lo que a ti te gustaba pintar, si hubieras tenido más tiempo, papá...

—Ya, pero pinté bastante, ¿no?... Si hubiera pintado más, ¿dónde ibais a meter los cuadros? —me contestó, campechano.

—Quiero decir que podrías haberte dedicado más a estudiar, a probar técnicas, qué sé yo —insistí.

—Ya... —me dijo, pensativo—, pero la vida no pregunta, las cosas pasan. Lo importante es que, hagas lo que hagas, lo hagas bien; que seas de los buenos, el mejor si puedes.

—Pero reconóceme que, si lo que haces te gusta —le dije—, es más sencillo.

—Ine —me interrumpió—, las cosas te gustan cuando las haces bien, da igual si es cocinar, pintar, vender ropa, ser carpintero, lechero o zapatero; todo tiene su... —Y se frotaba los dedos buscando la palabra—. No sé cómo llamarlo...

Esos paseos con él y las cosas que me decía nunca las olvidaré. Entonces pensaba que no tenía razón y ahora creo que eso no tiene importancia. Él era sincero y hablaba desde su experiencia, un lugar desconocido para mí. No era cuestión de tener o no razón. Cada vida encierra dentro su verdad y cuando las palabras nacen de ahí merecen ser escuchadas, porque solo el que habla puede pronunciarlas.

Nuestros padres convirtieron Zara en su pasión y cuando nos dijeron: «En lugar de hacer lo que te gusta, que no siempre es posible porque a veces ni lo sabes, intenta que te guste lo que haces, lo que te toque hacer en ese momento, hasta que llegue lo que tenga que llegar para ti», nos entregaron una clave para encontrar la felicidad en este mundo, algo valioso, porque había sido su experiencia y los había llevado a un buen lugar.

IV
Conversaciones en la orilla

Pasé con mis padres todos los agostos de mi vida, incluso después de casada mantuve esa costumbre, solo que a veces no podía ser el mes entero. Durante esas semanas que compartíamos, paseando, bañándonos o cocinando juntos, los fui conociendo cada vez mejor. Muchos días nos íbamos a la playa desde bien entrada la mañana hasta que se ponía el sol; cargábamos con sillas y sombrillas y nos instalábamos muy cerca de la orilla, lo máximo posible. Llevábamos bocadillos y botellas de agua. Después de comer, nos dábamos un baño y, vencida la modorra, mamá y yo nos poníamos a hablar de forma natural. A veces me contaba historias de su infancia en Cuba, de su juventud, de cuando vivíamos en Asturias o de su familia. Otras veces comentábamos la película que habíamos visto la noche anterior. Papá nos escuchaba y alguna vez intervenía; seguía el vaivén de nuestras conversaciones mientras ojeaba el periódico o dormitaba al sol, pero con atención, porque sus interrupciones daban a entender que no se había perdido ni una sílaba. Recuerdo una de esas conversaciones...

—Mamá..., ¿crees que ser maestra ahora será muy distinto a lo que fue serlo en la Cuba que tú conociste? —le pregunté en una ocasión.

—Bueno... —respondió—. Yo era maestra en el Plantel Jovellanos, que pertenecía al Centro Asturiano. Era un privilegio, conocía a las familias de todos los alumnos, la mayoría nietos de emigrantes. Se respetaba mucho la figura del profesor, se valoraba nuestro trabajo, enseñar a los niños a leer era... No sé cómo explicarte... ¡Los padres venían a darme las gracias!

—No lo había pensado —dije—. Qué pena no recordar quién me enseñó a mí.

—Iba a trabajar con ilusión y eso los niños lo notaban —continuó.

—¿En qué? —preguntó papá, intrigado.

—Mmm..., en la alegría con que nos reencontrábamos cada día —explicó ella—. En lo atentos que estaban.

—Ya —dijo papá suspirando—, a mí me gustaba leer los libros de Historia y ver los mapas de Geografía, pero estudiar... Y no me acuerdo de si iba contento. Iba normal.

—No sé si a algún niño pequeño le gusta ir al colegio —intervine yo.

—Y, si no te lo sabías —continuó él—, el maestro te daba en las puntas de los dedos con la regla. Yo me libré muchas veces porque tenía buena letra, pero las rodillas...

—¿Las rodillas? —le pregunté.

—Nos ponían de rodillas con los brazos abiertos y un libro en cada mano —recordó—. Dolía del carajo cuando te levantabas, pero, bueno, se olvidaba rápido jugando al balón.

—Me encantaba preparar mis clases —siguió mamá—, pensar en juegos que me ayudaran con lo que estaba explicando, comentarlo con las compañeras...

—Parece que hubierais habitado planetas distintos —dije.

—Un poco sí, aunque... —contestó ella— a mí no me pegaron las maestras, pero tuve compañeras a las que pegaban en casa, no sé qué es peor. Y nadie denunciaba como ahora, se resolvían las cosas de otra manera.

—¿De qué manera? —quise saber.

—Atizando tú —dijo papá—. Tenías que aprender a defenderte solo.

—Eso si eras un hombre, pero un niño ya me dirás. —dijo ella. Y pronunció esas palabras con crispación y también tristeza.

—Qué poco nos acordamos de todo aquello —dijo papá.

Los veraneantes pasaban por delante de nosotros recorriendo la playa de un lado a otro, disfrutando del aire y de la luz. Yo observaba los cuerpos tranquilos de mis padres y pensaba en lo que el tiempo había hecho con ellos, en el niño y la niña que habían sido, en la vida de cada uno y también en la mía, en la larga cadena de sucesos que nos había traído hasta aquí. A lo lejos, los barcos que se recortaban en el horizonte me recordaban aquellos que los habían traído y llevado a ellos, a los abuelos y a tantos familiares y amigos queridos, de España a Cuba o de Cuba a España. Pensé en lo afortunadas que éramos por tener unos padres así, capaces de transformar experiencias dolorosas en cariño y no en amargura. Aquellas manos arrugadas que ahora descansaban, inmóviles, habían tomado las nuestras y nos habían guiado por calles y caminos sin soltarnos, nos habían alimentado y lavado todos los días, durante años. Aquellos ojos, ahora semicerrados en el sopor de la tarde, habían permanecido abiertos, pendientes de nosotras, vigilantes, para poder llegar a este instante de paz azul frente al mar. Mientras el sol se iba ocultando y la brisa fresca de la tarde esparcía las palabras de nuestros vecinos de toalla en todas direcciones, nosotros recogíamos nuestras cosas y hablábamos de lo que haríamos para cenar. Luego los observé caminar delante de mí por la arena y cerré los ojos un momento. Cuando volví a abrirlos, segundos después, me los encontré tomados del brazo avanzando silenciosos y, más tarde, los vi pasándose la toalla para quitarse la arena de los pies, antes de salir de la playa. Deseé que la vida me regalara muchos días con ellos como aquel, junto al mar que tanto amaban, hablando de su vida y sus recuerdos.

Pero los veranos tenían también una última noche, que señalaba el momento de regresar a Madrid, a las rutinas del trabajo. Ellos nunca vivían ese final de las vacaciones como algo triste, incluso a veces parecía que lo estaban deseando, porque septiembre en Zara era el mes del reencuentro con los clientes y amigos. Los habían echado de menos y pasaban a saludar, a contar y a saber cómo les había ido el verano.

A finales del otoño de 1987, Carmiña empezó a sentirse muy cansada, como sin fuerzas. Fue al médico y recibió tratamiento, pero no mejoraba. Se sentía tan débil que se veía obligada a guardar cama la mayor parte del tiempo. Le dieron la baja laboral y le cambiaron la medicación. El diagnóstico fue «anemia severa», pero las semanas pasaban y ella no levantaba cabeza. Como vivía sola en Madrid, su familia propuso llevársela a Galicia; en el pueblo podrían cuidarla y darle lo que necesitara. Así que hizo las maletas con ayuda de mamá y se marchó a su tierra a reunirse con los suyos. La idea era que regresara más adelante, cuando hubiese recuperado la salud perdida. Allí mejoró considerablemente, aunque no terminaba de encontrarse bien. Su hermana Adelina la acompañó a Madrid varias veces para someterse a revisiones médicas y en esas ocasiones siempre pasaba a visitar a mis padres, pero ya no pudo regresar a Zara. Se quedó en Galicia y allí vivió hasta el final de sus días, muchos años después, rodeada del cariño de los suyos.

V

Tiempo de cosecha. Nietinos

Hacia finales de los ochenta, cuando comenzaba la época tranquila de sus vidas, llegó la noticia de la muerte de la abuela Edelmira. Llevaba meses muy deteriorada. Había perdido el apetito, casi no se levantaba de la cama, preguntaba por el abuelo y por sus padres y lloraba mucho. Los tíos la cuidaron amorosamente. La prima Dulce dormía en su habitación, en la cama de al lado. Una mañana, después de que la tía intentara en vano que tomara sus pastillas, la abuela se apagó sin hacer ruido, como un pajarillo, y rezando, según su costumbre. Yo la había visitado hacía unas semanas para decirle que me casaba. Ella había conocido a mi futuro marido en Madrid y recibió la noticia con emoción, cerrando los ojos. Después, con su sonrisa más dulce y un hilo de voz, me dijo que sentía no poder ir a mi boda más que nada en el mundo, pero sus piernas ya no la sostenían. Yo la abracé y lloramos juntas. No pensé entonces que no volvería a verla viva nunca más. Todos fuimos al entierro en

Lugones y papá estuvo abrazado al tío Benjamín mientras duró la ceremonia. Después de unos días, regresamos a casa.

El restaurante funcionaba. Inés y Pepe se sentían apreciados por los clientes y nosotras nos habíamos independizado lo bastante como para no ser una preocupación constante. A finales de esa década nació su primera nieta, mi hija mayor, y ese acontecimiento los hizo tan felices que pasaban la semana deseando que llegara el domingo, porque ese día solíamos reunirnos en su casa y antes de comer íbamos al Retiro a dar un paseo. Papá disfrutaba empujando el carricoche, cantándole canciones a su nieta que le recordaban los días en que había sido padre, pasando con ella el tiempo que hubiera querido pasar con nosotras. Eso me decía, rejuvenecido por la ilusión.

Dos años después nació mi segunda hija y en ese momento les propusimos cerrar también los sábados. Iban cumpliendo años y ya no necesitaban trabajar tantos días; además, el fin de semana era cuando todos podíamos reunirnos, porque las niñas no iban al colegio y nosotros no trabajábamos. No fue fácil convencerlos, decían que era algo raro en hostelería cerrar los días de mayor afluencia de comensales y no querían decepcionar ni desatender a su clientela. Argumentamos que descansar y cuidar su salud, antes de que empezara a resentirse, les podría permitir retrasar su jubilación y seguir trabajando y atendiendo a los clientes como les gustaba, pero a otro ritmo. Además, tendrían más tiempo para disfrutar de las nietas, que los adoraban, y también de pintar, en el caso de papá, o de leer, en el de mamá, a quien terminar un libro le llevaba meses. Al final aceptaron y comenzó así una época muy bonita de sus vidas. Al año de estar cerrando los fines de semana, nació el último de mis hijos.

En aquella terraza que había sido testigo años atrás de nuestras travesuras, las niñas montaban en triciclo, se bañaban en una piscina de plástico hinchable hasta arrugarse como pergaminos y retozaban con la perrita de los abuelos mientras su hermano las miraba con los ojos muy abiertos desde su silla, moviendo las piernas como queriendo unirse al jolgorio. Los adultos conversábamos, íbamos de acá para allá arreglando alguna cosa estropeada o echábamos una mano en la cocina, donde mamá preparaba para «los chiquillos» enormes fuentes de patatas fritas que ellos devoraban como animalitos hambrientos. A papá le encantaba darles, desde que les asomaban los primeros dientes, cortezas de jamón serrano que traía del restaurante y que ellos chupaban hasta dejarlas blancas. Yo le decía que eran muy pequeños para empezar a comer jamón, que la pediatra me había dicho esto y lo otro, y si lo veía se las quitaba de las manos, pero él siempre replicaba:

—No les va a pasar nada, los niños no son bobos... Si hubiéramos pillado mi hermano y yo una de estas cuando la guerra, nos la hubiéramos tragado sin masticar.

Y, en cuanto me descuidaba, volvía a las andadas.

Algunos años después, mi hermana Pilar los hizo abuelos de nuevo de dos niñas que nacieron con un año de diferencia. Aquellas reuniones dominicales en su casa, y sobre todo los veraneos familiares al completo, eran lo que más disfrutaban, el único momento del año en que la familia podía reunirse unos días. Daba igual estar apretujados y renunciar a las comodidades, lo importante era que los primos pudieran «conocerse y pasar tiempo juntos» ahora que eran niños. Creo que tenían mucha razón, porque todos los que vivimos aquellos agostos de chiquillos, perritos y barahúnda familiar a todas horas los recordamos con emoción y cariño, sabiendo que fue posible gracias a lo que ellos lograron, a su insistencia, su generosidad y su amor por todos y cada uno de nosotros.

VI
Jubilación

Papá desconfiaba de muchas cosas, pero confiaba plenamente en la vida. Le dolía verse envejecer, no poder correr para coger el autobús o agacharse y levantarse con rapidez si se le caía algo al suelo. Había sido un hombre tan activo que las limitaciones que le imponía su cuerpo con el paso de los años le resultaban difíciles de aceptar. Cuando empezamos a hablarle de dejar de trabajar tenía ochenta años y seguía diciendo que moriría «con las botas puestas» o «al pie del cañón» en su restaurante. Se figuraba la jubilación como la antesala de todos los males, así que lo fue haciendo de forma gradual, a su aire. Primero dejó de ir algunas noches, luego empezó a llegar más tarde también por las mañanas, y al final iba cuando le apetecía saludar a los amigos del barrio o comer con nosotros, porque extrañaba mucho los sabores y el ambiente. Esa transición duró algún tiempo y también estuvo allí mi hermana María. Aquellos años trabajando en familia, aprendiendo los entresijos del negocio y disfrutando también junto a ellos del fruto de lo que habían logrado construir con su buen hacer, fueron de los más bonitos y felices de nuestra vida. En 2014, año en que finalizaba el contrato de alquiler, nos vimos obligados a abandonar el local de la calle Infantas. En ese momento, mi esposo y yo tomamos las riendas del Zara y lo trasladamos al número 8 de la calle Barbieri, su actual ubicación.

Al principio, papá se sentía raro con tanto tiempo por delante y sin nada que hacer; lo único que le apetecía era estar en la cama y dormir, aunque le daba miedo deprimirse. Yo le decía que durmiera todo lo que quisiera, que eso no podía ser malo; además, llevaba años durmiendo cuatro horas diarias y eso sí que no podía ser bueno.

«Pero me sentía bien —me decía—. Ahora me duele todo y me paso el día en el médico, cada vez que voy me manda una pastilla nueva».

Con el paso de las semanas, sin embargo, empezó a disfrutar de las cosas cotidianas: un paseo a comprar el pan, una tarde en el cine con mamá, una cena improvisada con nosotras o con algún nieto que se acercara a visitarlo, un partido del Real Madrid en familia con unas cervezas, aunque fueran sin alcohol, o una mañana tranquila en el museo del Prado contemplando los cuadros de sus pintores favoritos. Verlo ilusionado y contento era la mejor prueba de que el cambio había sido beneficioso, aunque cuando le preguntábamos cómo estaba solía decir: «Aquí, aburrido… ¿Vais a venir?». Me parece estar oyéndolo al otro lado del teléfono.

A veces llegaban al restaurante personas que él había conocido en una tienda o en la parada del autobús a las que les daba tarjetas del Zara. Les decía que allí estaba su hija Inés, que preguntaran por ella, que los iba a atender muy bien y que no se fueran sin probar los daiquiris. A mí me enternecía mucho que hiciera eso y siempre lo llamaba para decirle que habían venido de su parte y darle las gracias. Recuerdo una ocasión en que se presentó una pareja muy joven. Mientras comían, lo llamé, se los describí y, cuando le pregunté si se acordaba de ellos, me dijo: «Sí, cómo no, trátalos bien, Ine; me subí al autobús y mientras sacaba el bono del bolsillo el tipo arrancó y, si no es por ellos, me caigo al suelo y a lo mejor quedo en la página dos».[32]

Personas amables que lo colaban en la fila del banco, camareros con los que entablaba conversación en cualquier bar de Madrid, enfermeras que le habían extraído sangre para unos análisis, extranjeros que lo paraban por la Gran Vía para preguntarle algo, taxistas, vendedores de lotería..., a todos les daba tarjetas del restaurante. Algunas de aquellas personas vinieron con ella en la mano y me hablaron del señor de pelo blanco muy simpático que habían conocido en tal o cual lugar y les había recomendado la buena comida y los mejores daiquiris de Madrid. A él le encantaba que lo llamara y le agradeciera su ayuda.

«Déjate de internet, Inesita —me decía—, nada como el boca a boca. Has de traerme tarjetas, que ya casi no tengo».

---

[32] *Quedar en la página dos*: dicho popular cubano con el que se expresa que alguien ha muerto.

Fue un «niño de pueblo»; así le gustaba llamarse. Se había criado con esa libertad de movimientos que nunca estará al alcance de los niños de ciudad y siempre tuvo añoranza de la vida en el campo. Cuando íbamos a Oviedo a visitar a la familia, lo que más le gustaba era escaparse a Lugones. Lo primero que hacía era llevar flores a sus padres al cementerio y luego le gustaba pasear por los alrededores de la que fue su escuela o su casa, que aún siguen en pie. Durante esos paseos, nos iba señalando dónde había vivido tal o cual amigo. Así supimos de Xuan, que un domingo por la mañana, cuando su padre le dijo que cogiera la escopeta de perdigones y matara un par de pollos, porque iban a tener invitados a comer, se cargó medio corral porque andaba algo subido de copas y disparó a bulto... Le cayó tal tunda de palos que aún se compadecía de él, pero se moría de risa al contármelo. En otra ocasión en que pasábamos por delante de una casa, me dijo: «Mira, ahí vivía Alfredo, un buen amigo mío...».

Como las ventanas estaban abiertas y se oían voces dentro, lo animé a llamar a la puerta. Dudó un momento, pero luego lo hizo. Abrió una mujer de pelo castaño en bata y zapatillas, algo azorada. Papá le dijo quién era y le preguntó por su amigo; ella le contestó que había fallecido hacía dos años, que era su hija. Luego, con cordialidad, nos invitó a pasar. Una vez dentro, nos llevó a un saloncito donde había un aparador, una mesa con cuatro sillas, un sofá y dos sillones. Todo primorosamente limpio. Nos dijo que la esperásemos un momentín, que ahora mismo venía, y desapareció por el pasillo. La noticia de la muerte de Alfredo lo había puesto triste...

—¿No estaremos molestando? —preguntó, preocupado.

—No creo, papá —dije yo.

—¿Y a dónde fue? —me preguntó.

—Pues no sé —contesté en voz baja.

—No tendríamos que haber entrado —dijo—. Ahora la obligamos a ofrecernos algo de beber, ya verás...

Entonces volvió la mujer; se había puesto un vestido y una toquilla por los hombros, pero seguía en zapatillas. Nos dijo que se llamaba Angelines y nos preguntó si nos apetecía tomar algo; papá me miró por el rabillo del ojo y dijo que gracias, pero que no queríamos molestar...

—¿Un cafetín? —preguntó ella—, iba a hacer para mí.

—Bueno —dije yo.

—Muy amable, linda —añadió él—. Se lo agradecemos mucho.

Y volvimos a quedarnos solos. Cuando regresó con la bandeja y sirvió el café, se sentó y le dijo a papá que sabía quién era, que su padre le había hablado de él muchas veces. Le había contado que se había ido a Cuba, que se había casado con una cubana y que tenía un bar en Madrid.

—Pues sabía bastante, más que yo de él —dijo con pesar.

Luego Angelines se levantó, fue hacia el aparador, abrió un cajón, sacó un fajo de fotografías y, todavía de pie, empezó a pasarlas hasta que encontró una; la miró un momento y luego nos la mostró. Estaba desgastada, pero en el centro de la imagen se veía a un grupo de escolares de unos ocho o nueve años formando tres filas. Los más altos estaban detrás y el maestro, un hombre corpulento, de rostro bonachón aunque serio, se había colocado de pie a la derecha del grupo.

—Don Celestino —dijo papá, señalándolo—; parece que lo estoy viendo.

—Aquí está mi padre —indicó Angelines, sentándose y señalando a un niño de la segunda fila.

—Alfredín, carajo —dijo papá al reconocerlo—. Cómo le gustaba jugar al fútbol, siempre de portero, y qué bueno era...

—Aquí estás tú, papá —intervine yo después de localizarlo en la primera fila, algo esquinado, muy derecho y sonriente.

—Qué jovencinos éramos, todos en pantalón corto —comentó, emocionado—. En cambio, ahora...

Pasaba el índice por los rostros de sus compañeros y decía en voz alta los nombres que iba recordando mientras Angelines le contaba lo que sabía de ellos. M. se había casado con una de la casona de no sé quién y vivía en no sé dónde. T. había abierto una sidrería en Avilés que ahora llevaban los hijos. P. era viudo y vivía en el molino con la hija soltera y un sobrino que estaba estudiando en Oviedo. Sentados allí, tomando café como si nos conociéramos de siempre, me dio por pensar en lo extraño que resultaba que alguien tuviera en un cajón una foto en la que salía papá y que, si no llegamos a entrar, nunca hubiéramos visto. Y también en la suerte que habíamos tenido con aquella mujer, cuyo padre fue amigo del mío cuando eran niños. Lamenté mucho que ya no estuviera vivo para escucharlos hablar de aquellos tiempos a los dos. Lo bueno de la vida nos llega igual que lo malo, cuando menos lo esperamos. Nos terminamos el café y papá le preguntó a Angelines si Alfredo había seguido dibujando; era de los mejores del colegio.

—Lo mismo decía él de ti —dijo ella—. No, no dibujó más; al poco de casarse con mi madre empezó a trabajar en Oviedo en… —dijo un nombre que he olvidado—, y ya luego nacimos mi hermanu y yo y entre unes coses y otres…

—Me hubiera gustado volver a verlo —añadió mi padre, nostálgico—. ¡Cago en diez! Cómo pasa el tiempo…

—¿Queréis más café? —preguntó Angelines.

—No, no —dije yo—. Tenemos que irnos, bastante tiempo te quitamos ya.

—Nada, mujer, me prestó mucho[33] —respondió ella—. A ver si volvéis otro día.

—Cómo no —contestó papá—. Adiós, guapina, muy bueno el café, ¿eh?, se nota que es asturianu.

Se puso triste cuando nos alejamos calle abajo, pensando quizá en todas las cosas que habían sucedido en el pueblo durante su ausencia, en aquel amigo perdido, en los otros…

—Aquí ya no me queda nada, Ine —dijo—. Se fue todo p'al carajo.

Yo lo cogí del brazo y él metió las manos en los bolsillos.

—Pues a mí me ha encantado Angelines —dije para animarlo—. ¿Se parecía a Alfredo?

—Calla, ho —dijo, divertido—. ¡Se te ocurre cada cosa…!

---

[33] *Prestó*: «gustó» en bable.

La jubilación le dio también un tiempo que nunca había tenido para pintar y emprendió la tarea con tantas ganas que sus hombros se resintieron, pero continuó haciéndolo a pesar de todo, obligándose a descansar cuando sentía molestias: «Me tiro en el sofá y miro un poco al techo», decía. La habitación que utilizaba como taller de trabajo era el antiguo dormitorio de Cándida, un espacio que él había ido habilitando poco a poco. Conservaba la cama plegable de los tiempos de la abuela, aquella en la que durmió Carmiña cuando decidió mudarse a su cuarto para cuidarla mejor y que nunca nos dejó tirar a pesar de que era ya un trasto. «Para una emergencia sirve, es una cama cojonuda», decía. Había también un sofá cama por si venía algún familiar y mesitas y estanterías que encontraba por la calle y subía, lijaba, barnizaba y usaba para colocar tarros con pinceles, libros, botes con lápices, pequeños caballetes, cuadernos de dibujo, fotos de cuando éramos niñas y postales que encontraba en los cajones y sacaba para tenerlas a la vista.

Había libros y catálogos de exposiciones por todas partes, algunos manchados de pintura y otros sin desenvolver todavía. Una de las cosas que más le gustaba era enseñar ese lugar a quien quisiera acompañarlo. Primero te preguntaba si querías ver el cuadro que estaba pintando en ese momento y, si le decías que sí, te llevaba ante él, se quedaba un rato mirándolo como si lo estuviera viendo por primera vez y luego comentaba alguna dificultad técnica que había tenido y cómo la había superado, o de dónde había sacado la idea para hacer esto o lo otro. Si hubiera sabido el poco tiempo que me quedaba en su compañía, habría alargado todo lo posible aquellos ratos con él; me habría quedado más veces a comer, a ver fotos, a mirar sus cuadros juntos, a jugar a las cartas y a hablar de su vida. Sus palabras me llegan claras y precisas, las que él usaba, con su sonido exacto, envueltas en la luz de aquellas tardes de domingo. Miro sus cuadros y lo veo sentado en el taburete, silbando con el pincel en la mano, entornando los ojos un momento y a continuación pintando o retocando algo, concentrado, escuchando a veces en su pequeño transistor un partido del Real Madrid o una entrevista interesante que luego nos comentaba, con su bufanda azul al cuello, la que conservaba de cuando éramos pequeñas; la que se ponía en cuanto llegaban los primeros fríos y no se quitaba ni para dormir.

Para mamá la jubilación no fue difícil, decía con gracia que era el penúltimo peldaño antes de la Almudena, pero quería hacer tantas cosas que iba a quedarse en él todo lo posible. Su primer deseo fue escribir un libro de recetas de cocina cubanas, cosa que hizo y publicó en la editorial de un buen amigo. Un proyecto ilustrado por sus cinco nietos. También mi hermana María y yo la ayudamos con los textos y las fotos; otro buen amigo diseñó la bonita cubierta, y Alaska escribió un prólogo maravilloso. Quería dedicar tiempo por las mañanas a leer con tranquilidad, ver cada noche alguna de sus películas favoritas, alternando con otras nuevas, y, por supuesto, seguir yendo al cine con mi hermana María, conmigo o sola, a ver cualquier estreno que le interesara o que tuviera relación con Cuba. Aunque nunca regresó a su tierra, disfrutaba viendo La Habana en la gran pantalla, escuchando el acento y la música, pero de lejos. Después del cine, íbamos a merendar y hablábamos de la película, que era la parte que más disfrutaba. Tenía tanta fantasía que a veces comentaba cosas que no habían pasado y, cuando se lo decíamos, se sorprendía mucho, porque era como si hubiera visto otra película y daba lugar a malentendidos muy divertidos, sobre todo si iba de espías o tenía una trama enrevesada...

—Qué bien que acaben juntos —decía.

—¿Juntos?, pero si él se muere en el accidente, mamá —le aclarábamos.

—Entonces ¿esa escena final de los dos paseando de la mano...? —preguntaba.

—Se la imagina —decíamos—. ¿No te acuerdas de que es cuando ya está sola en la residencia?

—¿Sola? —decía, resignada—. Pues hubiera estado bien que acabaran juntos, ¿verdad? Yo voy a pensar eso.

Y terminaba la merienda feliz, sin dejar que se la empañara un final triste. No siempre había sido así; el cine fue para ella una pasión. La emoción que sentía cuando se apagaba la luz era conmovedora. En ocasiones, incluso me apretaba la mano y sonreía de forma maravillosa, como si fuera una niña. Ahora me doy cuenta de cosas que entonces no veía; tal vez simplemente no le apetecía hablar de la muerte.

—Hacerse muy viejo es una etapa rara de la vida —me confesó una vez—. Digo lo que me da la gana y me da igual, pero...

—Eso lo has hecho siempre, ¿no? —respondí con guasa.

—Ay, Ine —exclamó con pena—. Si tú supieras todo lo que me he guardado...

—Bueno, mamá —le contesté—, habrá sido por algo.

—Los hijos no tenéis ni idea de nada —me soltó sin esperármelo—. Sois jueces implacables, pero ya os llegará, ya...

—No empieces con los malos augurios, anda —le pedí.

Cuando decía cosas así, nos callábamos por no discutir y nos concentrábamos en la merienda o en lo que estuviéramos haciendo, pero pasado un rato volvíamos otra vez a hablar de cualquier cosa, viniera a cuento o no. Nunca nos duraban los enfados más de un cruasán.

Madrid le parecía un buen lugar para vivir, una ciudad bella y hospitalaria, grande pero no inabarcable. Cualquier domingo podía irse uno a comer a un pueblecito de la sierra, no se tardaba en llegar y había para elegir en los cuatro puntos cardinales. En esas excursiones en coche, hablaba del campo y la naturaleza como si fuera la primera vez que los veía y nos invitaba a fijarnos en detalles del paisaje. Como siempre le costó trabajo caminar, no era muy amiga de los paseos campestres. Pienso en lo dolorosas que debieron de ser para ella esas limitaciones que procuraba disimular y recuerdo su afán por engancharse a todo. Resultaba admirable lo poco que se quejaba. Vivía esas excursiones como regalos de la vida y teníamos que estar todos; si faltaba alguno, ya no era lo mismo. Eso que entonces me parecía una «manía» ahora tiene otros matices: ella sabía que el afecto que no se cuida se pierde, que la vida pasa rápido y lo que nos queda son esos momentos que compartimos. Algo cada vez más difícil en estos tiempos, pero que deja, si se logra, huellas profundas. También insistía en que era importante mantener los lazos familiares; lo que más temía era que nos dispersáramos cuando ellos ya no estuvieran en este mundo. Luego añadía: «Sé también que cada uno va a hacer lo que estime conveniente, porque nadie está dentro de nadie para saber lo que piensa y menos para cambiarlo», y se reía, aunque no le hiciera ninguna gracia.

Como eran dos personas de fuerte carácter, nos preocupaba un poco cómo sería su convivencia durante la jubilación, ahora que iban a pasar mucho tiempo juntos en casa. Pero nos sorprendieron una vez más. El cariño que se tenían pudo con la última prueba, la más dura de todas, y estuvieron unidos hasta el final, como los compañeros del alma que siempre fueron.

PARTIR

En la Navidad de 2019, cuando tuve noticia por primera vez del virus que se estaba expandiendo en la ciudad de Wuhan, me pareció un suceso desafortunado, pero no irreversible. Al día siguiente y en los sucesivos, tras comprobar cómo iba empeorando la situación y que las noticias que llegaban eran cada vez más inquietantes, me preocupé de verdad. La gente enfermaba; aquel virus era muy contagioso y cruzaba fronteras a pesar de las medidas de seguridad que se iban adoptando en los diferentes países. Me inquietaba sobre todo ver a la población china con mascarillas y pantallas protectoras en las imágenes que había por todas partes, parecía otro mundo. Entonces empezó el recuento de personas contagiadas en España, clasificadas por comunidades, lo que llevaba a pensar que la situación se estaba controlando; eso daban a entender las autoridades sanitarias que informaban sin aspavientos, caso por caso. Pero en pocas semanas se desató aquella locura de hospitales colapsados, de material que escaseaba o no llegaba y enfermos que morían, uno tras otro, por decenas.

Nuestros padres se sintieron enseguida vulnerables, el virus parecía cebarse con los mayores de forma indiscriminada. Aunque mantenían la calma, cuando veían en la televisión las noticias, se angustiaban y se iban a la cama a leer o a intentar dormir un poco. Apenas salían de casa y, cuando lo hacían, siempre juntos, llevaban la mascarilla puesta en todo momento y, si se acordaban, también los guantes. Si tenían que hacerse análisis o ir al médico, los solíamos llevar en coche hasta la puerta del centro hospitalario y también de vuelta a su casa después. Ellos nos decían que podían haber tomado un taxi, que estaban bien, y era verdad, pero agradecían sentirse cuidados y a nosotras nos tranquilizaba hacerlo.

Durante los meses que duró el confinamiento, mis hermanas y yo los llamábamos por teléfono varias veces al día. Les costaba creer que aquello estuviera sucediendo de verdad, temían por ellos y por toda la familia. No hablaban de otra cosa. Tardaban en conciliar el sueño por las noches, sobre todo papá; decía que no podía descansar, que sentía un gran desasosiego. Estaba completamente desmotivado, incluso para pintar. A pesar de todo, hablábamos de aquella primavera que estábamos viviendo, de que era un regalo en medio de tanta desgracia. Ellos contaban entonces, algo más animados, que tenían todas las ventanas de la casa abiertas y disfrutaban escuchando a los vencejos y viéndolos volar a toda velocidad por aquel cielo limpísimo.

Con el correr tiempo, lo que más los ilusionaba cada tarde era salir a la terraza a la hora de los aplausos y unirse, emocionados y agradecidos, al clamor de la calle y a los vítores al personal sanitario. Cuando terminaban y entraban en casa era cuando solía telefonearles. Los llamaba al número fijo, sus móviles estaban siempre sin batería, así que para escuchar y hablar los dos tenían que colocarse el auricular en medio y juntar las cabezas. Cuando pasaba mucho rato y se cansaban, arrimaban dos sillas y seguían así, con el auricular entre ellos. Si les sugería que alguno fuera a por su móvil, porque se podía poner el altavoz y no hacía falta que estuvieran en esa postura tan incómoda, me decían que no estaban incómodos y retomaban el hilo de la conversación. Mi hermana María les enseñó a manejar Skype y de ese modo pudimos conectarnos todos. Esas videollamadas les encantaban, aunque casi no se entendiera lo que decíamos porque hablábamos todos a la vez. Les daba la vida ver a sus nietos bromear y, al menos por un rato, la risa los ayudaba a no pensar.

Cada vez que veían en la televisión a un octogenario abandonando un hospital entre los aplausos de los médicos y el personal sanitario, sentían que había alguna posibilidad para ellos de superar aquella prueba y me llamaban para que encendiera la tele y lo viera. Parecía que querían decirme: «Saldremos de esta, ¿verdad?».

Hasta que pudieron hacer la compra por teléfono en un supermercado cercano, mis hermanas o yo les llevábamos las bolsas a casa. En esas ocasiones, yo las dejaba en el suelo, delante de la puerta, y llamaba al timbre. Uno de los dos abría y el otro se colocaba lejos, los dos con la mascarilla. Nos saludábamos con la mano y a veces nos echábamos a llorar antes de pronunciar palabra… ¿Qué podíamos hacer? Luego papá metía las bolsas en casa y me invitaba a pasar; al principio yo le decía que mejor habláramos allí y así nos quedábamos un rato hasta que nos decíamos adiós. Cuando fueron pasando las semanas, dejaba los zapatos fuera y entraba en casa, me desinfectaba las manos y los ayudaba a colocar todo. Lo hacía por ellos y sobre todo por mí, necesitaba recuperar las rutinas de la vida, escuchar sus bromas, volver al pasado. Nos reíamos del aspecto que teníamos con guantes y mascarilla o comentábamos que los tres necesitábamos un buen corte de pelo. Una de aquellas mañanas, señalando al exterior de la ventana que teníamos enfrente en la cocina, papá nos preguntó:

—Si apareciera ahí delante una nave extraterrestre y os invitara a marchar con ellos ahora mismo, ¿os iríais?

—Mmm, no creo —dije yo—. Me moriría de miedo, papá. Al espacio así de repente.

—Pues yo no me lo pensaría —dijo él, campechano—. Me iría con lo puesto.

—¡Y un jamón! —exclamó mamá—. ¿Tú con los marcianos y en pijama?

—Con los marcianos y… con las marcianas, ¿no? —respondió él, provocándola—. ¿Y qué le pasa a mi pijama?

—¿Y yo qué? —preguntó ella.

—Pues ven, Lola[34] —respondió él guiñándole un ojo, y luego, mirando al exterior con melancolía, añadió—: Ojalá se nos llevaran a todos.

---

[34] *Lola*: uno de los nombres cariñosos que usaba papá para llamar a mamá cuando estaba contento.

—Está bueno ya —dijo ella, impaciente—. Hay que meter todo esto en la nevera.

Yo no disimulaba la risa y agradecía aquellos momentos surrealistas que vivíamos juntos dejándonos llevar por ocurrencias, como la de la nave extraterrestre, una idea que no le escuchaba a papá por primera vez. De algún modo, le ponía nombre, entre burlas y veras, a algo que deseábamos todos: salir cuanto antes de aquel atolladero.

Cuando acabó el confinamiento y volvimos a trabajar, mamá no se encontraba bien y papá lo notó enseguida. Ella empleaba la palabra «rara» y observamos que no era algo constante. Cuando iba a visitarnos al restaurante, cosa que hacía con frecuencia a pesar de la mascarilla y la distancia de seguridad obligatorias, le encantaba saludar a los amigos o conocidos que solían reconocerla. También en ocasiones me pedía que la acompañara a las tiendas del barrio y agradecía mucho conversar un poco con sus antiguos vecinos, los pocos que no se habían jubilado, aunque hubiera que hacerlo de lejos. Era luego, al llegar a casa, cuando sobrevenían el cansancio, el desánimo, aquella sensación «rara» que la llevaba a quedarse sentada con los ojos cerrados y sin hablar durante horas. Papá me llamaba a diario y me decía que nunca la había visto así, que a todo le contestaba que no y que eso no era normal en ella. Yo trataba de consolarlo diciéndole que mamá lo había pasado especialmente mal durante el confinamiento, necesitaba salir y hablar con la gente; tal vez era cosa de darle tiempo, había que tener paciencia. Pero él insistía, terco, en que no era cuestión de paciencia. Me dijo que le había sugerido en varias ocasiones hacerse un chequeo general, pero que ella se negaba, no quería ni oír hablar de eso y mucho menos ahora.

Pasaron el verano en Madrid y a finales de septiembre los dos se hicieron análisis de sangre por consejo de su geriatra. Los resultados fueron buenos, pero ella continuaba muy decaída, sin ganas de nada. Un domingo le propusimos salir a comer a la sierra, pensando que le haría ilusión arreglarse, que la animaría. Y accedió. Estuvo contenta y disfrutó de la comida, pero al terminar, todavía sentados en la mesa del restaurante, cerró los ojos y se quedó callada como hacía en casa. Papá me miró y movió la cabeza, preocupado. Por primera vez le di la razón, comprendí cómo se sentía.

En el mes de diciembre, una mañana en que los visité para llevarles algunas cosas que me habían pedido del supermercado, la encontré realmente mal, sin fuerzas para levantarse. Me asusté y le propuse acercarnos al hospital, a urgencias. Ella dijo que no, que no pensaba moverse de allí, que estaba muy cansada. Entre papá y yo la convencimos y al final, de muy mala gana, accedió. Él insistió entonces en acompañarnos y tampoco me fue fácil convencerlo de que era peligroso e innecesario exponerse al virus. Me dijo que mamá iba a hacerlo y que su deber era estar con ella. Traté de explicarle que yo prefería que se quedara, porque me manejaría mejor con mamá sola que con los dos. Aceptó a regañadientes. Se despidió mirándola con tristeza mientras entrábamos en el ascensor y se quedó golpeando con los nudillos en la puerta metálica mientras bajábamos, para que supiéramos que seguía allí.

Cuando llegamos a urgencias, la sala de espera estaba a rebosar de pacientes, la mayoría ancianos y ancianas en silla de ruedas esperando a ser atendidos, todos con mascarilla y muchos hasta con guantes. Ella estaba enfadada y permaneció con los ojos cerrados y sin hablarme durante varias horas. Sobre las cuatro y media me acerqué a una máquina que había en el pasillo para comprar algo de comer y compartimos un sándwich y una botella de agua. Comió sin mucho apetito, mirando hacia la única ventana que había en aquella sala. No fue hasta las siete cuando empezaron a hacerle pruebas. Al ver cómo la traían y llevaban una y otra vez y lo cansada y soñolienta que parecía, me arrepentí de haberla sacado de casa y se lo dije. Ella me contestó: «Ahora ya estamos aquí, mejor saber de una vez, Ine, no pasa nada». Me pidió que llamara a papá, porque debía de estar preocupado. Le hice caso y los dos hablaron por teléfono. Cuando ella le comentó que hacía frío porque la puerta no paraba de abrirse y cerrarse, él se ofreció a venir en un taxi para traerle su manta y lo que necesitara, pero ella le dijo que no hacía falta. Aun así, papá apareció con la manta al cabo de un rato y se la puso por encima. Sonriéndole lo mejor que pudo, quiso que supiera que nos esperaría despierto. Lo acompañé al taxi, donde se había quedado mi hermana María, que le estaba haciendo compañía. Les dije que estuvieran tranquilos, que estábamos bien.

Serían cerca de las dos de la madrugada cuando un médico me llamó para hablar conmigo a solas y puso nombre a la enfermedad que estaba consumiendo a nuestra madre y que le cerraba los ojos desde hacía meses. Buscando otra cosa la habían encontrado; por eso le habían realizado tantas pruebas, para salir de dudas antes de decirnos nada. Por la mañana le harían tal vez alguna más, pero no era seguro.

Esa noche, la más amarga de mi vida, se quedó ingresada y yo con ella. En cuanto la acostaron, se durmió y, sentada en el sofá de la habitación, mientras la escuchaba respirar, deseé no ser quien era y desaparecer con ella. Llevármela lejos, al mar o al espacio en aquella nave extraterrestre, para ahorrarle todo el dolor y la tristeza que le esperaban. Apenas pude dormir pensando que, a la mañana siguiente, tendría que darles la terrible noticia a mis hermanas y que juntas, con el corazón roto, tendríamos que decidir cómo hablar con ella y también con nuestro padre. Todo lo que sucedió a partir de aquella hora aciaga lo viví como si no fuera yo y, por otro lado, siéndolo más que nunca.

Durante los días siguientes, mis hermanas y yo, más unidas de lo que habíamos estado jamás, les hablamos a los dos con toda la dulzura que pudimos encontrar en nosotras. Poco a poco les fuimos revelando la verdad. Durante el tiempo que mamá permaneció ingresada, papá la visitaba a diario y se quedaba con ella varias horas, hasta que alguna de nosotras iba a buscarlo. Como solo se permitía la presencia de un acompañante en la habitación, la que lo hubiera llevado ese día tenía que permanecer en el pasillo o en la calle mientras él estaba con ella. Una noche que lo encontré muy triste, cuando llegamos a casa lo acompañé a su cuarto y, sentada a su lado, en la cama, intenté convencerlo de que era peligroso exponerse tanto. Traté de explicarle que muy pronto mamá saldría del hospital con algún tratamiento, que eso nos había dicho la doctora. En esto último le mentí. Él, que se resistía a aceptar el callejón sin salida al que nos enfrentábamos, permaneció un rato callado y luego me dijo, conmovido, que hacía sesenta y dos años, cuando se casó con ella en La Habana delante de María Auxiliadora, había jurado acompañarla en la salud y en la enfermedad y que ahora que había llegado la enfermedad su lugar estaba junto a ella. Me quedé muda. Me abracé a él y no fui capaz de decirle todo lo que sentía, mi admiración por él, por el valor de corazón que estaba demostrando, por la ternura que me inspiraban aquellas palabras suyas. Le di las buenas noches y le dije que procurara dormir. Se recostó en la almohada y cerró los ojos, como un niño obediente. Mientras me alejaba, pensé que tendríamos que extremar las precauciones, porque iba a seguir visitándola todos los días.

Al día siguiente le llevó a mamá flores en un jarrón y también una foto de sus padres y sus hermanos, que colocó donde ella pudiera verla. Las enfermeras, que le habían tomado cariño, lo dejaban hacer. Alguna tarde, a escondidas, le subió de la cafetería un sándwich de jamón y queso, su favorito, porque ella le había dicho que estaba un poco cansada de la comida del hospital. Cuando lo recogía por la noche y lo llevaba a casa, a veces me decía que la había encontrado mejor y me contaba, ilusionado, lo que le había dicho. Intentaba mostrarse sereno, necesitaba hablar como si no pasara nada grave y eso era lo que hacíamos en aquellos viajes del hospital a casa. Comentábamos el frío que empezaba a hacer, lo bonito que estaba el Retiro, cómo iba el restaurante o cualquier otra cosa del día a día que despertara su interés. Otras veces lo notaba triste y hacíamos el viaje sin hablar, él mirando por la ventanilla.

Finalmente la trajeron a casa en una ambulancia. Cuando la acostaron en su cama, se le saltaban las lágrimas de alegría. Los recuerdos de aquellos días son de una intensidad tal que casi no puedo diferenciarlos. De día, mi único deseo era estar cerca de ella, aunque fuera sentada en su habitación sin hacer nada más que mirarla, y de noche solo podía llorar. Le pedimos a Dolores, la chica que venía tres veces por semana a ayudarlos con las tareas de la casa, que se quedara interna durante aquellas semanas hasta que mis hermanas y yo pudiéramos organizarnos. Ella accedió; los quería mucho y fue una ayuda impagable para nosotras.

Mi hermana Pilar, para intentar alegrar un poco a papá, le trajo una perrita que había adoptado por aquellos días, para que le hiciera compañía. Pensábamos que un cachorrito que necesitaría cuidados a todas horas no era lo más adecuado en ese momento, pero él no se separó de la pequeña Diana, que así la llamó en recuerdo de otra que tuvo de niño en Lugones, desde el instante en que la tuvo en sus brazos. En la casa vivía también Katy, una enorme gata gris que habían adoptado hacía años y que se escondía cuando había mucho ajetreo. Por fortuna, se llevaron bien, o no demasiado mal, para ser exactos.

Nos hicimos con una silla de ruedas para trasladar a mamá cuando la levantábamos de la cama. La acercábamos a la mesa de la cocina para comer o al salón a ver alguna cosa en la tele. Pero enseguida se cansaba y quería acostarse de nuevo. Agradecía mucho la compañía de sus nietos, que la visitaban todos los días, le cantaban canciones asturianas y hablaban con ella de sus cosas. La conversación de los jóvenes siempre le parecía estimulante. Aguantaba hasta que se sentía cansada y entonces cerraba los ojos y dormitaba un rato. Decía que le gustaba el ruido durante el día y el silencio por las noches. Papá se acercaba a verla de vez en cuando por si necesitaba algo y Katy pasaba muchos ratos tumbada en la alfombra a los pies de su cama, moviendo el rabo con parsimonia. Diana no aparecía nunca por allí, y, si lo hacía, la observaba un momento de lejos y corría a los brazos de papá.

A mediados de diciembre, mi hermana María y yo dimos positivo en covid-19 casi a la vez. Los médicos nos dijeron que hasta que no tuviéramos una PCR negativa no podíamos visitar a los padres. Todos los días hablábamos con ellos y entre nosotras, para consolarnos de aquella separación forzosa en un momento tan difícil. El 23 de diciembre, mamá dio positivo también y tuvieron que ingresarla otra vez, muy a su pesar. Papá la visitó de nuevo todos los días. Después de esas visitas, a veces me llamaba y yo lo escuchaba cada vez más triste. Me contaba que la notaba «alejarse rápidamente», que le había cambiado la mirada y era como si lo atravesara sin verlo, que todo le molestaba. Yo le decía que estaba sufriendo y que era lógico que no tuviera ganas de nada, pero comprendía que él debía de sentirse muy solo sin ella.

El 31 de diciembre, mi hermana Pilar ingresó a papá con covid-19 y ese mismo día mamá recibió el alta y regresó a casa. Entonces comenzaron para ella los cuidados paliativos, que venían a administrarle de forma regular. Todos los que la cuidábamos fuimos recibiendo instrucciones minuciosas para saber cómo proceder en cada momento. Pudimos hacerlo porque estábamos juntos; fueron días de un dolor insoportable.

Mi primera PCR positiva fue el 7 de enero y ese mismo día mamá volvió a dar positivo en covid-19 y tuve que ingresarla otra vez, en un hospital diferente al habitual donde no tenían cama disponible; mientras, la tormenta Filomena se acercaba a Madrid y las temperaturas se desplomaban. No sé cómo fui capaz de hacer todos aquellos viajes, no recuerdo qué le decía cuando estábamos sentadas en las salas de espera ni de dónde sacaba la fuerza para empujar su silla de ruedas por aquellos pasillos helados. Solo sé que, si la miraba, me ponía a llorar. Por suerte para mí y gracias a la mascarilla, ella no se daba cuenta o eso creía yo.

El 8 de enero estaban los dos ingresados, y yo tranquila porque sabía que los estaban cuidando bien y que siempre podíamos hablar con ellos por teléfono. A eso de las cinco de la tarde, papá me llamó inesperadamente desde el hospital y me dijo que le habían dado el alta, que estaba bien y que quería volver a casa. Me extrañó, pero no le dije nada. Empezaba a caer la nieve con fuerza y había poca visibilidad cuando mi hijo y yo llegamos al hospital una hora después. Papá había perdido peso y miraba al suelo, con su bolsa en los brazos, desde la silla de ruedas que el enfermero empujaba hacia nosotros, pero en cuanto nos vio aplaudió despacito y sonrió de oreja a oreja. Lo abrazamos, lo subimos al coche en el aparcamiento subterráneo del hospital y, al salir a la calle y ver la nieve, le pareció estar soñando. No sabía nada. Nos pidió dar una vuelta por el Retiro, quería ver los árboles, pero el coche avanzaba a duras penas porque estaba helando rápidamente, así que se conformó con ver a lo lejos las siluetas entre la niebla y nos fuimos a casa. Después de aparcar subimos al piso. Allí se despidió de su nieto, que se fue a coger el metro antes de que la nevada se lo impidiese.

Dolores le había preparado una cena apetitosa, pero él solo quería mirar por la ventana y ver cómo caía la nieve sin parar; decía que le recordaba a Lugones. Intentamos llamar a mamá, pero no conseguimos comunicarnos con ella. Mis hermanas hablaron con él un buen rato y luego le dieron las buenas noches. Cenó sin hambre y se acostó.

A la mañana siguiente, me aventuré a ir hasta la farmacia para comprar una medicina que le habían recetado en el hospital. Tardé casi una hora en recorrer un tramo que no llevaba más de veinte minutos, tenía miedo de resbalar y me ayudaba de dos paraguas que clavaba en el hielo a cada paso. Él no se levantaba de la cama más que para comer y parecía agotado. A veces me pedía que le pusiera casetes de Manolo Escobar y las escuchaba con los ojos cerrados, siguiendo el ritmo a ratitos con los dedos sobre la colcha. La mañana del segundo día, le corté el pelo y lo afeité. Cuando fui a ponerle un poco de colonia me dijo que no, que el perfume era para gente que «le huye al agua». Los dos nos reímos. Se puso su gorra del Real Madrid y me pidió que lo llevara hasta la cocina en la silla de ruedas. Allí estaba Dolores preparando la comida; se alegró de verlo y le ofreció un café que papá aceptó contento. Después de hablar un rato volvimos a su cuarto y, escuchando habaneras, se quedó dormido. Esa tarde pasó mucho tiempo hablando con mis hermanas y también lo llamó mi prima Dulce desde Oviedo. El tercer día amaneció fatigado y respiraba con cierta dificultad, sobre todo si estaba tumbado. Dolores o yo le medíamos el nivel de oxígeno en la sangre con un oxímetro y lo anotábamos. Durante el día se mantuvo estable; en el límite, pero estable y bastante despierto, aunque sin apetito. Se quedaba mirando la masa de nieve que había caído en la terraza y había hecho desaparecer las macetas de flores, la manguera y las tablas que usaba como mesa para sus trasplantes e injertos. Un enfermero del hospital donde estaba ingresada mamá me contactó por videollamada y papá habló con ella. Los dos se emocionaron al verse a través de la pantalla del teléfono. Se saludaron y se preguntaron cómo estaban, pero casi no pudieron hablar; se miraban y sonreían. Luego hablé un poco con mamá, que me preguntó por toda la familia. Yo le dije que estábamos bien, le conté de sus nietos con detalle y le dije que vendría a casa muy pronto. Como cada tarde, mis hermanas llamaron a papá para hablar con él. Esas llamadas lo ilusionaban, las esperaba con alegría y le daban ánimos para cenar algo.

Aquella noche casi no pudo dormir, respiraba cada vez peor y el nivel de oxígeno era muy bajo. Por la mañana llamamos al hospital donde estaba ingresada mamá y nos dijeron que enviarían una ambulancia lo antes posible a recogerlo. Afortunadamente, ya podían circular con normalidad. Mientras esperábamos, él en la silla de ruedas y yo a su lado, me dijo que se acordaba mucho de la abuela Cándida y de lo que le había dicho en esta habitación donde estábamos ahora:

«Yo lo que quiero es descansar, ya he hecho todo lo que tenía que hacer». En la silla de ruedas, me confesó que él también estaba muy cansado. Yo me puse a llorar y él me consoló: «No llores, Inesita —me dijo—, ya lo decía mi padre, de jóvenes mueren muchos, pero de viejo no queda ni uno». Y sonrió. Y logró que sonriera yo también.

Fui con él en la ambulancia y, después de todo un día de gestiones interminables, logramos que compartiera habitación con mamá porque los dos tenían covid-19 en aquel momento. A partir de aquel día, el mismo enfermero que a veces nos conectaba con ella por videollamada, y que ya le había tomado cariño a la señora cubana, ahora nos conectaba con los dos; así podíamos hablar con ellos y ver qué aspecto tenían casi a diario.

Pasados diez días, contra todo pronóstico, nuestro padre falleció por una neumonía que se complicó por el covid-19. Mamá abandonó el hospital una semana más tarde, en cuanto dio negativo en una PCR, y falleció en su cama veinte días después que nuestro padre. Él me había dicho en una ocasión que ojalá fuera el primero en morir, porque no podría vivir sin ella. Mamá, en cuanto supo que él ya no estaba en este mundo, me confesó que se iba tranquila porque sabía que papá la estaba esperando y que ya no sufrirían nunca más.

Epílogo

En apenas veinte días [illegible] y ya nos convertimos en huérfanos [illegible] los padres más generosos que se pueda imaginar. Desde [illegible] hasta este momento en el que escribo, [illegible] ya más de dos años y cada noche de cada uno de esos días [illegible] mis pensamientos ha volado hacia [illegible] propia. Su ausencia los ha [illegible] que cuando contemplo la foto [illegible] en la que sonríen felices [illegible] pienso que así serán [illegible] de la memoria, donde [illegible] y estoy segura de que [illegible] aquellos que los conocieron, [illegible] Es algo fácil de reconocer cuando lo [illegible] relacionado con la capacidad que tienen algunas personas de crear armonía a su alrededor, de transformar la realidad con su manera de estar en ella y de hacernos [illegible] con

Epílogo

En apenas veinte días, mis hermanas y yo nos convertimos en huérfanas de los padres más generosos que se pueda imaginar. Desde aquel invierno mortal hasta este momento en el que escribo, han pasado ya más de dos años y cada noche de cada uno de esos días alguno de mis pensamientos ha volado hacia ellos como si tuviera voluntad propia. Su ausencia los ha hecho más presentes que nunca. Cuando contemplo la foto que tengo a un lado de mi ordenador, una en la que sonríen felices con la bahía habanera a su espalda, pienso que así serán siempre ya, porque habitan el territorio de la memoria, donde no existe la muerte. Vivieron con arte y estoy segura de que no solo su familia, sino todos aquellos que los conocieron, saben a lo que me refiero. Es algo fácil de reconocer cuando lo tenemos cerca, relacionado con la capacidad que tienen algunas personas de crear armonía a su alrededor, de transformar la realidad con su manera de estar en ella y de hacernos sentir, a los que la compartimos con ellos, que nos aceptan tal y como somos, que todo está bien como está.

Siempre velaron por nosotras, siempre estuvieron a nuestro lado, siempre nos dedicaron palabras de amor y creo que saben, donde quiera que estén, que fueron unos padres y unas personas imposibles de olvidar.

Agradecimientos

Hace años, en la sobremesa de una comida familiar en casa de mis padres, mi tío León nos mostró en la pantalla del portátil de mi madre, que llevaba un rato manipulando, el lugar donde se encontraban los restos de lo que fue la aldea donde nació su padre, mi abuelo Santiago. Vaya mi gratitud en primer lugar para él por aquella sobremesa y para mi tía, su esposa, cuya sensible mirada siempre me ha alentado a seguir escribiendo.

Mi primo hermano Antón facilitó los encuentros telemáticos con mi tía Mary, la segunda fuente de información más importante con la que he contado. Desde aquí, gracias por tantas tardes de domingo hablando de La Habana, de Madrid y de la familia.

Gracias también de corazón a mi prima Ineclear, que tuvo la generosidad de hablar con el primo Tino, fallecido lamentablemente durante el proceso de escritura de este libro, sobre los años de El León de Oro en los que él trabajó allí y me contó también muchos detalles de la vida en La Habana de los que se quedaron, que ella pudo conocer de primera mano.

Gracias siempre a mi hermana María y a mi prima Dulce por su interés y su respetuoso apoyo; escribir este libro ha tenido momentos muy duros para mí, como ellas bien saben.

Pilar Arnaldo, a quien mi hija menor y yo conocimos casualmente durante el viaje a Asturias que emprendimos en busca de la aldea donde nació mi abuelo, me conectó con mis orígenes gracias a las historias contenidas en su libro de relatos *Nel riu la fame*, escritas en bable, la lengua de mis antepasados. Siempre le agradeceré la amabilidad con la que nos trató.

No puedo olvidar tampoco a las personas que no aparecen en la historia, pero que tuvieron una presencia muy importante en la vida de mis padres, como Charo, que se ocupó de su casa durante años y siempre les decía que tenían que jubilarse, que ya habían trabajado bastante. Desde aquí mi cariño hacia ella y mi gratitud por tantos años de fieles cuidados.

Gracias a Pedro Zuazua por el prólogo de este libro, que aceptó ilusionado escribir en cuanto se lo pedí. Fue un gran amigo de mis padres, siempre los trató con cariño sincero y ellos lo consideraban parte de la familia. Él fue además quien me presentó a Gonzalo Albert. Él y Ana Lozano han sido mis editores, personas extraordinarias que, desde que comencé este camino, me han hecho sentir que no estaba sola y que la historia merecía la pena.

A mis amigos María Tausiet y José A. Sánchez Villasevil, gracias por sus acertadas e inspiradoras sugerencias y por su disponibilidad siempre generosa conmigo.

Gracias a todas las personas de ambas ramas de la familia con las que he hablado y que han hecho un esfuerzo por recordar, por ser precisas; que me han aportado fotografías o relatos que, de un modo u otro, están en este libro. Gracias a Nazario Vivero, amigo de la familia, con quien compartí en el Zara una mañana de historias habaneras entrañable.

Un recuerdo cariñoso a Marta, que adoptó a la gata de mis padres y le dio una nueva vida, la tercera, pues era un animalito adoptado.

Gracias de corazón a mi sobrina Inés, que me facilitó la foto original de la portada, una de las más bonitas que tenemos de mis padres.

Por último, quisiera dar las gracias a mi familia por su comprensión durante estos largos meses. A Jorge, por facilitármelo todo y respetar mi manía de tener la casa en silencio para no perder la concentración que tanto me cuesta encontrar, y a mis hijos, por escucharme con humor y paciencia durante horas, por teléfono o en persona, y aportarme sus ideas frescas, creadoras y siempre sinceras.

A todas las personas que conocieron a mis padres y los quisieron y acompañaron a lo largo de su vida, quiero decirles que ese amor formaba parte de ellos y fue lo que se llevaron de este mundo, lo único que vale la pena.

Muchas gracias a todos.

Índice

Este libro
se terminó de imprimir
en el mes
de noviembre de 2023

«Para viajar lejos no hay mejor nave que un libro».

EMILY DICKINSON

Gracias por tu lectura de este libro.

En **penguinlibros.club** encontrarás las mejores recomendaciones de lectura.

Únete a nuestra comunidad y viaja con nosotros.

penguinlibros.club

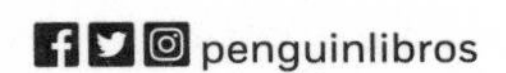